ZHONGGUO JIEQI SHIJIAN BIANZHI DE ERSH

中國節氣

时间编织的二十四道锦笺

肖复兴⊙著

林帝浣⊙绘

SPM 南方出版传媒

全国优秀出版社　全国百佳图书出版单位　广东教育出版社

·广州·

图书在版编目（CIP）数据

中国节气：时间编织的二十四道锦笺 / 肖复兴著；林帝浣绘．—广州：广东教育出版社，2017.8（2018.8重印）

ISBN 978-7-5548-1863-3

Ⅰ．①中…　Ⅱ．①肖…②林…　Ⅲ．①散文集—中国—当代
Ⅳ．①I267

中国版本图书馆CIP数据核字（2017）第176300号

责任编辑：邱　方
责任技编：杨启承
装帧设计：黎国泰　邓君豪
封面书法：迈上遴　赵孟頫
　　　　　邓文原　欧阳询

广东教育出版社出版发行
（广州市环市东路472号12-15楼）
邮政编码：510075
网址：http://www.gjs.cn
广州市岭美彩印有限公司印刷
(广州市荔湾区花地大道南海南工商贸易区A幢)
787毫米×1092毫米　20开本　8.5印张　96 000字
2017年8月第1版　2018年8月第2次印刷
ISBN 978-7-5548-1863-3
定价：39.80元
质量监督电话：020-87613102　邮箱：gjs-quality@gdpg.com.cn
购书咨询电话：020-87615809

序

二十四节气，而今热起来。出版界纷纷出巢，出了好多相关图书，琳琅满目。

2015年年初，《人民日报·海外版》约我撰写二十四节气的专栏，那时候，相关的图书，似乎还在蛰伏之中。这组稿子，我写了整整一年。二十四节气，如风相随，如雨相润，如霜雪相拥，让我真切地感受到节气无所不在的渗透力量。

二十四节气，唯中国独有。它不仅关乎农人的稼穑农事，同时关乎我们所有人的衣食住行诸方面的生活与生命。它让自然有了规律的细分，让一年有了分明的四季，也让我们的生活有了多姿多彩的民俗，让我们的人生有了

二十四番花信，让一草一木有了和我们相互认知、彼此相通的感情。

我们人类，是大自然之子，命定一般，和自然有着这样不可分割的感情。二十四节气，说的是气候、物候，实际上，说的也是我们人类生存之道，尤其是我们民族性格形成的底色和背景。

在这本小书中，二十四节气，写的主要是北京及北方的情景。有意思的是，配以林帝浣的插图，墨渍水晕，点染的多是南方的风情。这也吻合了我们中国的幅员辽阔，同样的二十四节气，南北两地所呈现的民俗风物不尽相同。两相映衬，正道出了二十四节气自身的丰富。

二十四节气，是我们用一年的时间编织起来的二十四道锦笺。有了它们，气韵氤氲，色彩缤纷，我们平凡琐碎的日子，便也有了独具的中国滋味和气息。

2017年6月29日夜写于北京

目录

二十四节气，
让一年有了分明的四季，
让人生有了二十四番花信，
让一草一木
有了和我们相互认知、
彼此相通的感情。

二十四节气，
是时间编织起来的锦笺。
有了它们，
我们平凡琐碎的日子
便有了独具的中国滋味和气息。

立春

立春归来草木知
东风解冻
蛰虫始振
鱼陟负冰

立春：春是能咬和打的

立春，是二十四节气里的第一个节气，我们又叫迎春、送春、打春、咬春、踏春、邀春、讨春。

“春”字前面的那一个个不同的动词，无一不透露着我们对春天到来的喜悦和跃跃欲试之情。我没有看到过哪一个节气有立春这样多的修饰和形容，简直像是多声部的重唱，反复地吟咏着春天的到来。

明刘若愚著《酌中志》中记载，京城“立春前一日，顺天府于东直门外迎春，凡勋戚内臣，达官武士，赴春场跑马，比较优劣。至次日立春，无论贵贱，皆嚼萝卜，曰‘咬春’”。可见那时的风俗与风情，迎春、踏春、咬春、讨春，是在一起进行的，透着格外的热闹。

迎春、送春、打春，说的是一回事；踏春、邀春、讨春，说的是一回事；咬春，说的又是另一回事。

先来说咬春。立春这一日，民间是讲究要买个萝卜来吃的，这叫“咬春”。因为萝卜味辣，取古人咬得草根断，则百事可做之意。这个风俗自什么时候开始，我不清楚；皇宫内，要不要咬春，御膳单里有没有记载，我也不清楚。但是，我知道在民间，这一日却是人人要咬春的。在老北京，这一日从一大清早，就有人挑着担子在胡同里吆喝：“萝卜赛梨——”这是我小时候还能够听到的声音，见到的场面。那时候，再穷的人家，也要买个萝卜给孩子咬咬春。北京卖的是那种心里美萝卜，都是经过了一冬储存的，哪怕便宜得糠了心呢，也是要咬一咬的。

清人专有《咬春诗》：“暖律潜催腊底春，登筵生菜记芳辰。灵根属土含冰脆，细缕堆盘切玉匀。佐酒暗香生匕梜，加餐清响动牙唇。帝城节物乡园味，取次关心白发新。”可以想象，那时咬春的风俗还是非常浓郁，也是非常时尚的。诗中所描绘的咬春吃萝卜，有点像是万圣节里美国人吃南瓜的劲头，花样翻新，且分外精细，乡园味十足。一个“咬”字，是心情，更是心底埋下的吃得了苦的一种韧劲儿，是中国人特有的一种风俗。

踏春、邀春和讨春，是指踏青郊游。皇都佳丽日，春日艳阳年，这是皇宫内外一律都要的必备节目。明诗专有记述：“东风渐次步青阳，龙过抬头蛰不藏。水出御河凝鸭绿，柳摇金屋变鹅黄。中官走马珠为勒，艳女寻花锦作装。自笑宦闲无一事，经旬携酒为春忙。”这是官宦人家的踏春。“燕市重逢燕九，春游载选春朝。寒城旭日初丽，暖阁微阳欲骄……书传海外青鸟，箭落风前皂雕。翟茀烟尘骤合，马蹄冰雪全消……宝幢星斗斜挂，仙乐云璈碎敲……”这大概是宫廷郊游的豪华版了。而民间流传的“高粱桥踏青，万柳堂听莺”，则是普通百姓人家了。高粱桥在城北，万柳堂在城南，是那时的一片旷野，清风朗日不花一文钱的，当然是穷人家的最好去处。

在老北京，百姓人家的踏青郊游，在每年的三月三蟠桃宫庙会，达到高潮。清末震钧写的《天咫偶闻》中说蟠桃宫“庙极小，庙市最盛”，形容它“地近河堧（堧即河边空地），了无市语；春波泻绿，软土铺红；百戏竞陈，大堤入曲；衣香人影，摇飏春风，凡三里余”，并盛赞它是“一幅活《清明上河图》也”。春天在这里，降下了帷幕。这里所说的踏春、邀春和讨春，无论皇宫，还是贵族，还是百姓，体现的都是人们对土地的亲近之情，以及与土地那种水乳交融的天然状态。

再来说迎春、送春和打春。三个词，打春的“打”字最抢眼，最生动。打春的风俗，最早来自皇宫，到底自什么朝代开始，我不清楚，只知道传说立春这一天，皇宫内外都要把它当作节日一般，是要格外隆重地庆祝一番的。最早有立春之日要把皇宫门前立的泥塑春牛打碎一说，史书上记载有“周公始制立春土牛”。《京都风俗志》一书中曾记载：宫前“东设芒神，西设春牛”，礼毕散场之后，“众役打焚，故谓之‘打春’”。那时，将春牛打碎，有鞭策老牛下地耕田的“催耕”之意，人们纷纷将春牛的碎片抢回家，视之为吉祥的象征。

这里说的芒神，就是春神，主宰一年的农事，这在《礼记》和《左传》里都有记载。立春这一日，老北京的庙会里，一般都会卖春牛图，前面牵牛的那个男人，画的就是芒神。一般人家，哪怕已经进了城，不是农民了，也会把春牛图请回家，和那些拿回家里的春牛碎片的意义是一样的，自己对自己祈祷，春神和春牛都是一年收获的保佑。

彩牛绘身，鞭炮齐鸣，还有装扮成春官的跑在道前相迎，接芒神，打春牛，这样的仪式，历史很悠久了。而且都是宫里亲自出马操办这一切的，是要在宫内亲自迎接芒神和春牛的。最早时皇上还要像模像样做亲自扶犁状，剪彩一般，做个象征性的造型。《东京梦华录》记载：芒神和春牛"从午门中门入，至乾清门、慈宁门恭进，内监各接奏，礼毕皆退"。可谓礼仪隆盛备至。

这一传统，到了后来已经稍稍有一些变动，把芒神和春牛设于宫前，改为了设在郊外。这样的变动，自何时始，我不大清楚，在明朝的文字中已经有了记载，在东直门外，专门设立了置放芒神和春牛的春场。不过，在京城，所有的仪式照旧还是由宫廷委托顺天府尹（相当于现今北京市的市长吧）来组织完成，有些普天同庆、官民同乐的意思。明崇祯年间印制的《帝京景物略》一书中，

有专门对春场的记载："东直门外五里，为春场，场内春亭，万历癸巳，府尹谢杰建也。故事，先春一日，大京兆迎春，旗帜先导，次田家乐，次勾芒神亭，次春牛台，次县正左、耆老、京师儒。府上下衙役皆骑，丞尹舆。官皆衣朱簪花迎春，自场入于府。是日，塑小牛芒神，以京兆生舁（抬之意）入朝，进皇上春，进中宫春，进皇子春。毕，百官朝服贺。立春候，府县官吏公服，礼勾芒，各以彩仗鞭牛者三，劝耕也。"这里所说的春场，有人考证，就是现在东直门外东胡别墅的地方。

这样的风俗，一直延续到清朝，清潘荣升《帝京岁时纪胜》中记载："立春日，大兴宛平县令，设案于午门外正中，府县生员舁进，礼部官前导，尚书、侍郎、府展及丞后随，由午门中门入。"那轰轰烈烈的阵势，一点儿没有变。

可见，那时的“打春”，和最早的一哄而上“众役打焚”，拾取春牛碎片如鸟兽散回家以求吉祥的情景，已经有所不同。不过，礼仪似乎更加繁复，一列逶迤，由府尹带队，将春牛从午门抬入宫内，百官朝服，彩仗鞭牛，把那场面推向更加壮观的高潮。鞭打春牛之后，众官退朝时，还可以得到皇上的“各以彩仗赠贻”，那些官员如以前农人把春牛碎片拿回家一样，乐不可支，求得一年的风调雨顺，其祈祷与保佑的含义，是与前辈一样的继承和延续。

据说，那时民间里泥制的春牛和以前也有所不同，肚子里要装有五谷，打碎之后散落出来的五谷，象征着五谷丰登。不知道从午门抬入宫内的春牛，肚子里是不是也装有五谷。看《帝京景物略》，似乎没有这样的记载，大概

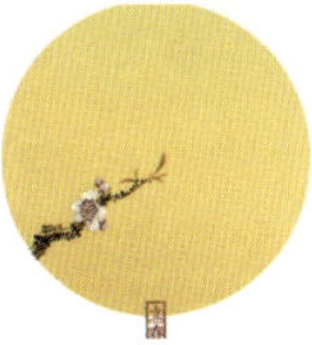

是怕撒落一地的五谷，脏了宫廷里的金砖玉阶，宫廷里的春牛，只是取其神似。

明朝有许多诗是描写这种“打春”风俗的，说的就是这种意思：“春有牛，其耳湿湿，京师之野，万民悦怿。”“春有仗，其朱孔扬，丰年穰穰，千万礼箱。”因此，拿回家彩仗也好，抢其春牛的碎片也好，撒落一地五谷也好，还是鞭打春牛，劝其勤耕也罢，实际上都是对新的一年丰收的鞭策和期盼，算得上是从皇宫到民间的一次迎春总动员。虽然，现在再也见不到那壮观的场面了，但是，回想在北大荒插队的时候，每年一次的春耕动员大会，晒场上，地头边，红旗招展，锣鼓喧天，一排排拖拉机、播种机上披红戴花，多少和那场面有些相似。

清著名诗人钱谦益有诗云：“迎春春在凤城头，簇仗衣冠进土牛。”说明一直到清前期，这种彩仗鞭牛的风俗，还是盛行的。

民俗的东西，就是这样演绎在宫廷内外，蔓延在历史的变迁之中，成为我们的一种想象，一笔财富，一幅从遥远过去垂挂到今日的长卷迎春图。

雨水

天一生水
温润散为雨
鸿雁来
草木萌动

雨水：天一生水

紧挨着立春的节气，是雨水。

说是雨水，一般在这个节气里，其实是很难见到雨水的，连雨丝飘洒都很难。沾衣欲湿的雨丝，起码要挨到清明了。这个节气雨水中的“雨”，和谷雨节气里的“雨”的含义，大不相同。不过是对雨的一种期盼罢了。

古语中说，这个节气里，天一生水，春始属木。实际上说的是节气的变化，到这时候有了转折的契机，春天要来了。古人对大自然的理解和认识，比我们现代人更贴近泥土草木，这里所说的春天到来的标志，一是水，一是木。水木之间的关系，不仅体现古人的自然观，还体现了古人的哲学态度。没有水，草木很难发芽发绿，没有草木的回黄转绿，春天就不会到来；同时，如果不是春天的到来，冬天里处于冰雪状态的水就不会转化为雨水的到来。所以，古人说天一生水，春始属木。这是一种大自然链条的循环，方才有了四季的变化与轮回，有了生生不息的生命与生长。你得佩服古人，不仅是对自然的认知，还有用词的准确精练，富有深邃的哲思。

小林写

雨水节气，都在正月十五前后。这时候的天气，尤其在北方，风追残雪去，水送破冰来。天上下雨的日子，实在还早着呢。在我曾经插队的北大荒，这时候，雪还厚厚一层，田野里一片白皑皑，松花江黑龙江上还结着实实在在的冰呢。江河开化的开江时刻，要在清明前后了。雨水，只是这个时节里大自然流年暗换的一种象征，是人们心底渴望春天的一种希望。

雨水节气里，天气乍暖还寒，老北京人讲究的“春捂秋冻”里的春捂，指的就是这样的天气里，别早早地脱下棉衣。老天爷的脸变化无常，雨水节气里，没有雨水，反倒突然之间下起一场雪来，不是没有的事情。雨水，不过是二十四节气里给你抛下的一颗看不见吃不着的甜枣，有点儿逗你的咳嗽，让你的心里犯痒痒，越发想脱下棉衣，奔跑进春天里。

在过去的老年间，雨水这个节气，对于各家最重要的，不是不切实际的盼望雨水的到来，而是盼望出嫁的女儿的到来。雨水这一天，按照老北京的习俗，是出嫁的闺女回门的日子。一般都是女儿在刚出嫁之后的第三天回门，最为讲究，为什么女儿非要在以后还要特别规定每年的这一天回门，我不大清楚。这一天，闺女回娘家，要带一段红绸布，或是一碗红烧肉，图的就是一个“红”字。这个“红”字里，是蕴藏着什么意思，我私下里猜想，无论女儿还是娘家人，大概都希望雨水的滋润，透露着日子红红火火的意思，也透露着春天里花红柳绿的意思吧。

雨水无雨，是这个节气里的常态。雨水有雨，有时候不见得就是好事。民谚里说：“雨水有雨百日阴。”“雨水落了雨，阴阴沉沉到谷雨。”前人根据节气里这样反常的变化，来判定未来的天气，可以说是节气经验的总结，节气便成为农事稼穑的风向标和晴雨表。

在今天日渐干旱的北方，雨水中降雨，更属于天方夜谭。相反，常常是在这个时候，又把抗旱提早提到了议事日程。在华北地区，还赶不上我曾经插队的北大荒，那里因有一冬大雪覆盖，在春天渐渐到来的日子里，可以融化为水，灌溉田野。雨水节气里，无雨不可怕，可怕的是一直干旱下去，让雨水一直成为人们看不见摸不着的渴望。

在二十四节气里，雨水、谷雨、白露、寒露、霜降、小雪和大雪，分别是水在节气的变化中不同的几种状态，在二十四节气里占有了七个位置，约三分之一。这不仅说明着水对于节气变化明确而醒目的显性作用，同时说明水对于人类生活与生存的不可须臾离开的重要作用。想古人说的：天一生水，春始属木。真的是对着呢，将水与天并列，水的作用无与伦比，雨水这一节气在二十四节气里的位置，便也就彰显无比。

惊蛰

春雷始初
蛰虫醒而出走
物候桃始华

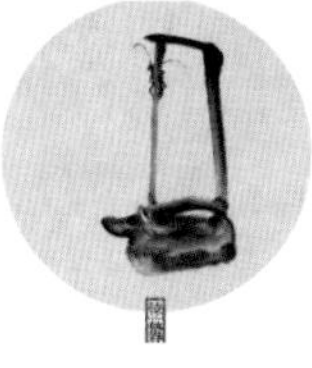

惊蛰：响起春天的前奏

我国二十四节气的名字，起得很有意思，都是两个字，简洁，平和。在所有用动词标识的，比如：立春、立秋的“立”，夏至、冬至的“至”，或处暑的“处”，霜降的“降”，无一不是平和的，很客观、中立地表明节气到来的意思，是一种诉说而已。

唯一富有动作感和感情色彩的，是惊蛰。一个“惊”字，凸显这个节气的来头和气势与众不同，有一种惊叹的意思在内。

小时候，老师在讲解“惊蛰”这个词的时候，说是天空打雷惊动了地底下的虫子要拱出地面了。老师的这个解释，强调了雷、虫和土地这三者的关系。现在想想，觉得很有意思。如果不打雷，便惊动不了睡了一冬的虫子；如果睡了一冬的虫子没被雷声惊醒，便不会从冰封冻了一冬的土地里拱出来；而虫子能够从冰冻的土地里爬出来，是因为这时候土地里的泥土已经变得松软了。雷、虫和土地这三者，皆因这个惊蛰的节气到来，而发生了如此密切互动的关系。也就是说，只有在这个节气中，雷、虫和土地这三者才从静止状态变为动态，活了起来，有了生命。

其实，在北京，很少能够听得到惊蛰时打雷的。惊蛰的雷声，应该出现在南方。但是，没有雷声的惊蛰，还能够叫惊蛰吗？那些小虫子怎么能被惊醒呢？惊蛰的雷声，应该像是起床的铃声、上课的钟声一样，准点准时出现才对。那时候，惊蛰的雷声，只出现在我的想象里。想象着雷声响了——小虫子从泥土里钻出来了——春天到了，这样一幕戏的三部曲，有声有色，次第出场，动画片一样。

小时候，不懂得这个生命就是春天的生命，是大自然万物开始生长的生命，是唐诗里早就写过的“微雨众卉新，一雷惊蛰始”的生命。

那时候，就知道这个节气到了，冬眠的各种小虫子，该开始活过来了。那时候，在我居住的北京大杂院里，松软的泥土里开始有蚂蚁出来了，湿漉漉的墙上开始有小肉虫蠕动了，回黄转绿的蒙蒙树枝上开始有破茧而出的飞蛾，也开始有小鸟叽叽喳喳地叫着飞来了。

即使后来到北大荒插队，这个印象依然很深。北大荒这个节气里，春雪还在，依然很冷，但我相信蹲仓蹲了一冬的熊瞎子也该醒过来了，能够从树洞里出来找食吃了。更重要的是，春耕开始备耕了。生产队的铁牛——拖拉机，一色火红的车身，拖着铁犁耙，列阵村头，就要下地翻耕土地了。

在我小时候，有一个惊蛰吃梨的传统，觉得就像立春那一天要吃萝卜一样，是一种民俗，但我不明其意。老人们说，春天到了，这时候乍暖还寒，天气又燥，吃点儿梨，败败火。那时候，鸭梨存放一冬，都已经变蔫儿，要不就是心里发黑了，我们常吃的是一种叫作红肖梨的梨，那种梨水分充足，甜中带酸，黄色的皮上有红红的光晕，很鲜艳，很适合春天的色彩，应该是属于惊蛰的颜色吧。

今年的节气有意思，雨水赶上和春节大年初一同一天，惊蛰又紧挨着正月十五元宵节的后一天。雨水那一天，北京下了一冬以来最大的一场雪，叫作“百年不遇水浇春”，惊蛰的这一天，莫非也能出现这样的奇迹，让我听到春雷鸣春的声音吗？那可是真的如放翁诗中所写的那样，“雷动风行惊蛰户”“湖海春回发兴新”了。

其实，不管这一天有没有雷声，惊蛰，前有雨水，后有春分，夹在这两个节气之间，它的角色就是来奏响春天的前奏曲的。

春分

春分渐暖花开
莺飞草长
昼夜均而寒暑平

春分：春之祭

在中国二十四节气里，有一些具有祭祀的意义。

由于二十四节气和农业及大自然密切相关，这些节气的祭祀意义，便是对大自然之神的祭祀，带有原始自然崇拜的色彩。比如，过去的人们讲究春分祭日、秋分祭月，这种定位，将这两个节气的祭祀属性分割得格外清晰，又和大自然匹配融合得那样恰如其分。按照我们文化的传统，则是阴阳的对立和交融。

春分祭日，在于这一日太阳直射赤道，寒暑均分，昼夜相等。也就是说，一改冬日里夜长于白天的现象，而天气也渐渐暖和了。这些自然现象的变化，都源于太阳在这一日地位重要性的凸显，所谓日照中天。所以，祭日便是顺理成章的事情，渐渐成为一种传统，也成了一种民俗。

过去，在老北京，皇帝在春分时祭日，要去日坛，王公贵族则去寺庙。《北平风物类征》一书引《燕京岁时记》说：“春分前后，宫中寺庙皆有大臣致祭。世家大族，亦于是日致祭宗祠。”而普通百姓，便去东直门外的太阳宫，或各大小土地庙了。可以看出，春分祭日，一直到清末民初，还保留着这样的传统。只是，如今，日坛还在，成了公园，而太阳宫只成了一个地名存在于地铁和公交车的站牌上了。

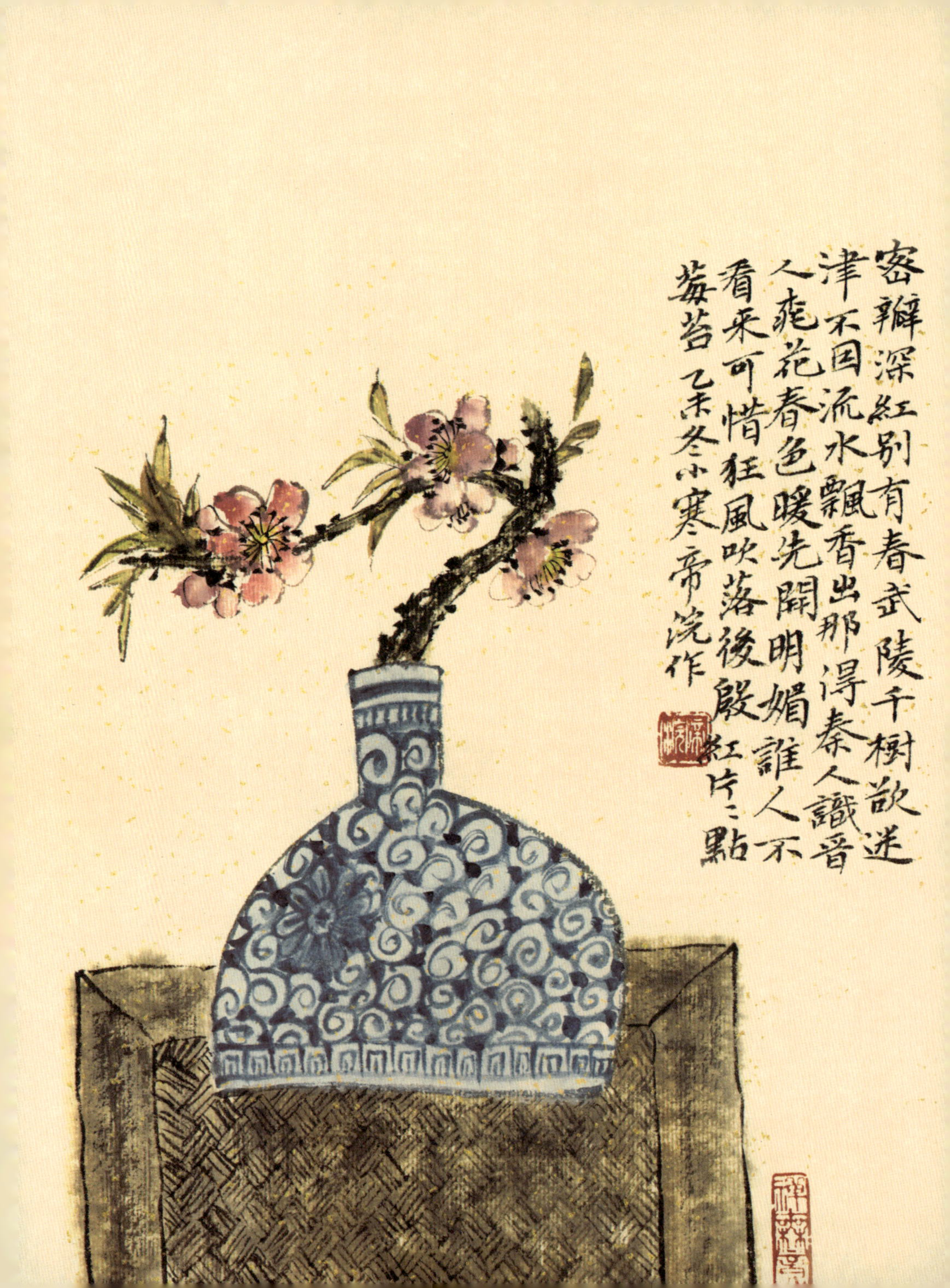
密瓣深紅別有春武陵千樹欲迷
津不因流水飄香出那得秦人識晉
人此花春色暖先開明媚誰人不
看來可惜狂風吹落後殷紅片片點
莓苔 乙未冬小寒帝浣作

普通百姓，春分祭日时，必需要以太阳饼为祭物。这种太阳饼，不是我国台湾台中地区那种有名的太阳饼的做法，而是用简单的米面团成面团，擀成薄薄的小圆饼状，五枚一层，最上面驮着一只面团捏成的小鸡。清《天咫偶闻》中说："太阳宫进香，人家以米糕祭日，糕上以彩面作鸡形。"也就是说，讲究一点儿的太阳饼上面的小鸡是彩色的。小时候，我不明白，为什么太阳饼上要驮着一只小鸡？我没有做过研究，一直到现在也只是猜想，大概鸡鸣则太阳出，闻鸡而起舞，鸡便是太阳的形象代言人了。

总之，太阳饼上驮着只小鸡，挺有意思的。在我国用于祭祀的糕点中，比如寒食的寒食饼，中秋的月饼，重阳的花糕，都是将馅包裹在里面的，唯独春分祭日的太阳饼，有这样一只小鸡顶在上面，外露而形象，直指天空，内心的膜拜与期许，直泻无余。

今年有些怪，好几个节气和节日凑巧相合，春节和雨水在同一天，春分和二月初二龙抬头之日在同一天，这便让当年的春分之祭，多了一项内容。二月初二这一日，民间讲究要祭祀龙神，所谓龙抬头，就是天气还阳，龙要伸伸腰身耕云播雨了，和节气相关，和春分的意思相似。这一日，民间要吃龙须面，所谓龙须，就是龙的胡须。细细的面条象征着龙须，扯住龙须，交得好运。同时，这一日不得动针线，恐伤龙目。

在老北京，这一日吃龙须面，要在面上浇上烧羊肉，最讲究的，是要去白魁老号。白魁老号是清乾隆四十五年（1780年）开业的一家老字号，它的烧羊肉在北京拔得头筹，因为它烧羊肉的一锅老汤是前一年入秋之后就收入大缸，密封起来，深埋在地里，一直到二月初二龙抬头前一天才把老汤从地下取出，这一道老汤是他家的独门秘籍。因为烧羊肉做得好，每年这一天，朝廷要专门派人出宫，手捧着八个朱漆彩绘的捧盒，到白魁老号这里来取定制好的烧羊肉。皇上和太后也要赶在二月初二龙抬头这一天尝一口白魁老号的烧羊肉做浇头的龙须面，百姓更是要去白魁老号排队去买烧羊肉，外带要上一碗老汤。

今年的春分，即使祭日的活动已经没有，太阳饼也没有了，但白魁老号还在，到那里买一碗烧羊肉，顺便要一点儿老汤，回家煮龙须面，还是可以的。起码，我们抓住了节气风俗的一个尾巴。

清明

东风寒食
气清景明
万物皆显
宜缅怀追逝

清明：梨花风起正清明

“清明时节雨纷纷，路上行人欲断魂。”大概是杜牧这首有名的诗的缘故，清明给人的第一印象就是为死去的亲人扫墓，而且，这一天应该总是下雨才好才对。下着的，是那种沾衣欲湿的“杏花雨”。

在北方，由于天气干燥，清明这天下雨的概率很低。不过，这时候是真正的春天，乍暖还寒的天气已经过去了，迎面扑来的风都暖和了许多。柳树早已经是一片旺绿了，草色也不再只是遥看近却无，而是茵茵如一片绿色地毯了。春花已经开过了一茬，玉兰、桃花、迎春都谢了，这时候开得正旺的是梨花。如果到了梨园，一片洁白如雪，正好与清明扫墓相配，是上天在墓前献上的祭祀的白花。

在我国的二十四个节气里，唯独清明兼有节日的意义，足见清明的重要性。应该说，在二十四节气里，它最富大自然和人的双重情感意义。

不过，在传统文化中，清明除了扫墓，还有一重意义，便是踏青郊游。这一点意义，常常被今天的人仅仅认为是旅游。其实，并不这么简单。旅游，可以在一年四季的任何时候，清明前后的踏青郊游，并不仅是旅游的一种游山玩水。

记得我童年的时候，因为母亲去世，父亲每年在清明这一天都带我出广安门，到母亲的墓前扫墓。他会把事先写好的一整页纸的信，在墓前读给母亲听，读完后，烧掉，算作祭祀给母亲的纸钱。然后，他会带我在周围踏青，转上半天。那时候，广安门外就是农田，满眼绿色，生意盎然，印象最深的是小河沟里有很多蝌蚪，我会捉好多蝌蚪回家。父亲像对我说，也像自言自语：清明是万物复苏的时候，活着的人要好好活着，才对得起死去的人。那时候，我不懂他说这些话的意思，现在，我明白了，清明踏青，是要让死去的人死得安心，让活着的人活得更好。满眼盎然的春天的生机和生气，是生与死的对话，是生对死的力量，也是死对生的一种延伸，一种还魂。

所以，清明雨，更多的是我们内心对于死去亲人的一种情感表达的象征物。清明这一天，迎接我们的更多的不是雨，而是温暖的风。古诗说：“梨花风起正清明，游子寻春半出城。”只不过，这首诗没有杜牧的那首出名，常常被人们忽视了。

在老北京，清明这一天，寻春半出城，主要到高粱桥外。那里两水夹堤，垂杨十里，《帝京景物略》引诗云：“彼美都人士，出郭清明游。高粱桥西畔，柳软莎亦柔。”在这里，除了梨花之外，柳树出场了，且成为出演清明的重要角色。在过去的很长一段时间里，有折枝簪柳戴于发间的民俗。在老北京的民谣里，有“清明不戴柳，死后变黄狗”“清明不戴柳，死在黄巢手”之说。后者，在《京都风俗志》中解释说：“盖黄巢造反时，以清明日为期，带柳为号，故有是谚也。”

如今，清明戴柳的民俗已经没有了。时代变迁，好多民俗都消失了。但是，清明放风筝这一传统，至今尚存。我小时候，没钱买风筝，自己用纸糊一个风筝，不过是用一张白纸糊在秫秸秆上，下面垂几条白纸条，北京人叫作“屁股帘儿”，照样放得热火朝天。放风筝，靠的是风，清明前后，风不紧不慢，正是放风筝的好时候。

所以，除了杏花雨，还有梨花风，再加上绿枝柳，这三者一体，才是清明最佳的代言人。

谷雨

雨生百谷
清净明洁
候萍始生
鸣鸠拂羽
戴胜于桑

谷雨：布谷声中谷雨天

中国幅员辽阔，同样的节气里，南北差别非常大，老天爷所呈现的脸的模样，大不相同。

民间俗语说：清明断雪，谷雨绝霜。但是，我在北大荒的时候，那里清明时候的雪还冻得老厚，即便是谷雨时节，也是一地的没有完全化干净的雪，沾满泥水，湿湿的，黑黑的，脏兮兮的，当地人称“埋汰雪”。

谷雨的节气，意味着春天的尾声，夏天的到来。对于南方而言，这是没有错的，对于北方，却依然春寒料峭。不过，在北京，花是全都开了，柳树也绿透了，公园湖水里也开始放船了。谷雨前后，也有下雨的可能，但只是可能，因为干旱的北京有可能一春都没有一滴雨水下。节气毕竟到了，雨生百谷，没有雨，地也松软、湿润了，还可以人工浇水灌园，谷雨时节种谷天，还是没有错的。

遗憾的是，在北京，这时候一般是听不到布谷鸟的叫声的。按理说，谷雨节气的到来，布谷鸟开始叫了，“咕咕，咕咕”的声音，很像“布谷，布谷”的发音，像是在催促人们要趁时播种了，否则，人误地一时，地就会误人一年了。所以，我们便叫这种鸟为“布谷鸟”，生动，又形象，再也没有比我们中国人更会起名字的了。

有意思的是，有一年谷雨，我在美国小住，也没有布谷鸟的叫声，只有在动物园里才能见到布谷鸟。我告诉四岁半的小孙子这鸟叫作布谷鸟，并告诉他：你对着它叫唤“咕咕，咕咕”，它就会跟着你一起叫“咕咕，咕咕”，人们就要下地播种了。他便冲着布谷鸟一个劲儿叫“咕咕，咕咕”。可那鸟就是跟扎嘴的葫芦一样，一声不吭。等我们转身走的时候，它突然叫了起来，真的像“布谷，布谷”的声音。小孙子兴奋得大叫。

今年的节气，就有意思得很，和很多民间的节日连在一起。这一年谷雨是农历三月初二，第二天，便是传说中的王母娘娘的生日。在北京，原来有有名的三月初三蟠桃宫庙会。那时候，京杭大运河一直流到现在东便门再流到前门，蟠桃宫就在东便门南岸，是自春节开始的庙会的收官之作，赏花踏青，看戏听曲，衣香人影，摩肩接踵，异常热闹。如果能延续到今天，应该是对谷雨最好的庆祝。

谷雨前后，在南方，樱桃上市，那是一岁的百果之先。在老北京，是有钱人才能够尝得到的鲜。我小时候，在这个时节，上市的是桑葚。古诗里有句“黄鹂留鸣桑葚美”，应该说桑葚是北方的一岁百果之先，是可以和樱桃比拼的谷雨时节的应令水果。只是，桑葚分紫色和白色两种，身上麻麻点点的，远不如红红的樱桃好看，倒像是北方人和南方人长的样子，一个粗壮，一个秀美。

这时候，讲究喝谷雨茶。对于绿茶而言，明前茶最好，谷雨茶殿后，谷雨过后，便没有新鲜的绿茶可饮了。古诗中说：“客到家常饭，僧来谷雨茶。”说的是只有僧人来了才饮清新的谷雨茶。谷雨对仗家常，却不是家常的翻版。

读明人徐渭诗：“青箬旧封题谷雨，紫砂新罐买宜兴。”开始不懂其意，为什么非要在谷雨时买宜兴的紫砂新壶？后来读到唐诗里有专门题咏宜兴的谷雨茶，说是“二月山家谷雨天，半坡芳茗露华鲜”，方才知道，宜兴的谷雨茶，在唐代就是茶之上品，便也就明白了徐渭是讲究好茶知时节，买壶为饮谷雨茶呀。

当然，这都是那时候的讲究。但是，中国人对于自己的饮食与民俗应时知节的传统，如此紧密对应着每一个变化的节气，大概是世界上绝无仅有的。这是一种诞生于农耕时代的传统，浸透着对大自然的敬畏之情，方才繁衍出一种和土地和雨雪相亲的文化，朴素，却充满情感。

立夏

斗指东南
维为立夏
天地始交
万物并秀

立夏：节气接上地气

立夏。夏天来了。

立夏和立春不大一样。立春的讲究更多一些，要咬春、踏春、打春牛，等等，因为那是一年之始，自然要隆重些。立夏，很平易，没有那么多的讲究。绚烂的春花开过了，飞天的柳絮飘过了，夏天来了。仿佛几夜之间，天就一下子暖和了起来，特别是在北方，可能前几天还需要穿毛衣，一夜之间，就要换上单衣了，这是告诉人们，夏天来了。

在老北京，在皇宫里，立夏这一天，男的要脱下暖帽，换上凉帽；女的要摘下金簪，换上玉簪。这些都是夏天到来的象征物。人体最能感受季节的冷暖变化，而装饰品则是为变化的季节镶嵌的花边。

当然，这是皇宫里才有的讲究。不过，即便是皇宫，这样的讲究也很平易了。在历史的记载中，据说在周朝的时候，立夏这一天，天子要带领文武百官去郊外祭祀的。不过，这样隆重的传统，早已不再。在二十四节气中，立夏的地位，在皇宫中就已经变得家长里短起来了。

《帝京景物略》中载："立夏启冰，赐文武大臣。"这样的传统，一直延续到清代。那时候，没有冰箱，冰的储存，是用天然的冰窖，如今北京城南北还各存有冰窖厂胡同的地名。这样的冰窖，一直到中华人民共和国成立后，还延续用了很长一段时间。想象立夏这一天，从皇帝带领文武大臣出宫去野外祭祀，到赐冰给文武大臣，这样的变化也实在太大了。不过，可以看到立夏真的是一个天人合一的节气。历史的演进，让节气接上了地气。

关于立夏这一日，清竹枝词有道："绿槐荫院柳绵空，官宅民宅约略同。尽揭疏棂糊冷布，更围高屋搭凉棚。"便是说立夏前后，无论官宅民宅，都要在院子里搭凉棚，就是老北京四合院讲究的"天棚鱼缸石榴树"老三样中的"天棚"。同时，要在各家的窗户前安纱帘。在没有空调的年代，凉棚和帘子是为了度过炎热的夏天的必备用品。特别是帘子，即使是再贫寒的人家，可以不搭凉棚，但是，门帘子，哪怕只是用便宜的秫秸编的，也是要准备的。而窗户即使不可能像有钱的人家换成竹帘子或湘帘子，起码也要换上一层窟窿眼儿稀疏的薄薄的纱布，即竹枝词里说的"糊冷布"。那时候，我们管它叫"豆包儿布"，很便宜。

帘子对于北京城里人的重要性，要重于冰。所以，在皇宫内务府的衙门里，专门有帘子库，就跟武器库一样，有专门管帘子库的官员。1949年以后，前辈作家叶圣陶老先生在东四八条住的院子，就是清时帘子库的官员留下来的。现在想想，会觉得有几分好笑，居然帘子还需要官员专门管理，而且，在立夏前后，这帮管帘子的官员要上下紧忙乎一阵呢。要是没有了帘子，慈禧太后的垂帘听政，还真的有点儿麻烦了。

立夏换帘子这样的传统，一直到我小时候还存在。那时候，我住的大院里，各家都会在这几天换冷布，换纱帘。别看换冷布和纱帘这活儿简单，但弄不好会糊不平，糊不结实。所以，一般都会请裱糊匠，连窗户纸和冷布一揽子活儿。那些天，裱糊匠都忙不过来。现在，我们大院里那些残存的旧窗户，还可以看见能够支起窗户露出纱窗的挂钩和支架，这是那个逝去的年代对于立夏留下的一点儿记忆的痕迹。

如果说，立夏换首饰，多少还带有一点儿对这个节气形而上的象征意义，换帽、备冰和搭凉棚、换帘子乃至换冷布，都是彻底的形而下了，却也是地道的民生，让这个节气和人们的生活有了密切的关系，让这个节气彻底接上了地气。

小满

苦菜秀
靡草死
麦秋至
物致于此
小得盈满

小满：初恋的象征

二十四节气中，有几个，我一直不甚了了。小满是其中的一个。

最初认识小满，是读孙犁先生的中篇小说《铁木前传》，里面有个人物，名字叫小满，是个19岁的姑娘，性格活泼，挺招人喜欢的，孙犁先生突出了她的纯洁和天真。小满和孙犁先生以前笔下写成熟的女人不一样，我猜想，他给她起这样的名字，就是要她更充满对爱和对新生活的渴望吧？只有这样年轻的年龄，才会有这样清新的朝气和天真的憧憬。

电影《万物生长》中，男主人公秋水初恋情人的名字，也叫小满。这可是真有点儿“英雄所见略同”。我想，我们的文学作品中，爱用节气给自己的人物起名字，是因为我国的二十四节气真的适合给人起名字，这里或许隐藏着民俗文化的密码。

这个小满只有17岁，和孙犁的小满一样，也是对爱情和新生活充满渴望和憧憬，让人心存怜爱的纯真小姑娘。是的，只有年轻小姑娘的名字，只有初恋小姑娘的名字，才可以叫小满。年龄稍微再大一点，不要说熟女了，就是涉过初恋这条清澈小河的姑娘的名字，可以叫小雪，叫立秋，不会叫小满了。

小满小满，小麦渐满。民谣里这样说，说的是小满节气到来，小麦刚刚灌浆，青青的麦穗初露，还没到一片金黄的成熟时候。节气和姑娘初恋的形象完全吻合，和那时节姑娘的身体与心理完全吻合，只是小满，远非丰满；只是灌浆初始的青涩初恋，远非血脉贲张的炽烈热恋；只是麦穗在初夏的风中羞涩地轻轻摇曳，和清风说着似是而非的缠绵情话，远非在酷烈的热风中沉甸甸垂下金碧辉煌的头，摆出一副曾经沧海看穿一切，万事俱备只待开镰收割的骄傲样子。

小满，真是人生的一个好节气。如果说寒风料峭的立春和春分，还是个生牤子一般的小姑娘；萧瑟的小雪和小寒，已是一头霜雪的老太太，小满是立在这两者之间最富有生机和朝气的年轻姑娘。这个节气的姑娘，涉世未深，清浅如水，却已经不再是一汪雨过地皮湿没心没肺的小水泡，更不是一潭千尺幽深莫测深不见底的桃花水。

纵使如孙犁笔下的小满，是载不动许多愁的一泓池水；纵使如电影屏幕中的小满，是载着一叶扁舟驶向对岸的一湾河水，却都是清澈的还没有被污染的水。小满，之所以让人怜爱，正在于此。世界上还有比初恋更让人觉得美好而值得回忆的吗？小满，这个节气，如此和人生与情感交融，和心理与生理契合，是二十四节气里少见的。

“小满大风，树头要空。”这是另一句民谣，说的是在这样的节气里，最怕刮大风。因为树的枝头上结出刚刚小满尚未长结实的果实，禁不住大风，会被吹掉。

小满时分，人生中对待同样节气的孩子们，特别是年轻的姑娘们，要格外仔细才是，切忌大风来袭。

我们年轻的时候，讲究的是年轻人要到大风大浪里去锻炼，所谓经风雨、见世面。那时候，高尔基的一篇《海燕》格外风靡，号召年轻人像海燕一样，让暴风雨来得更猛烈些吧！自然，这一切都是过去时代的口号。人生和节气一样，不是口号，而是客观的过程，要有个自然的成长和自然的验证。小满时哪里经得住大风甚至暴风雨的洗礼呢？正如民谣里说的那样，小满大风，树头要空。那时候，在北大荒，我和我们那一代人的青春是两手空空，就像林子里的过火木一样，徒留下历史大风掠过之后的痕迹斑斑。

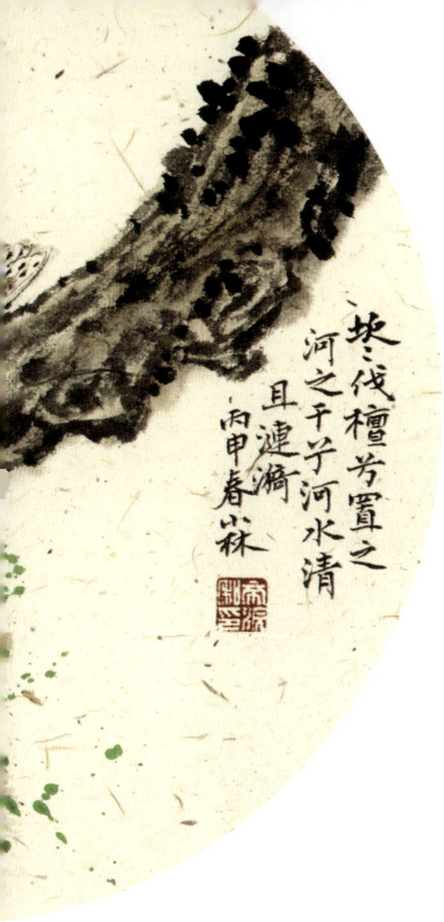

在北大荒，这个节气正是放蜂人来到林子和荒原里安营扎寨的时候。这时候，林中树木之花和草地的野花盛开。有民谣说：“小满时候置蜂箱，放蜂酿蜜好风光。”北大荒的椴树蜜和野花蜜，一直都很有名。大自然懂得，小满是蜜蜂采花酿蜜的好时候。我们人更应该懂得，这样的节气里，是年轻人花朵般开放的初恋好时候，少挑刺多栽花，少大风多酿蜜，才是正经的事。

芒种

麦到芒种谷到秋

螳螂生　鵙始鸣

反舌无声

芒种：芒种之忙

芒种，是二十四节气中重要的一个节气。

读中学的时候，每年都要有一次下乡劳动，一般都会选在芒种季节，因为这时候北京郊区的麦子黄了，正待收割。我们中学那时候常去南磨房乡帮助老乡收麦子，在乡间，我从老农那里学到一句谚语“杏黄麦熟”，收完麦子回家到市场一看，果然摊子上到处都有卖杏的。我把学到的这个谚语“杏黄麦熟”写进作文里，得到老师的表扬。

节气，真的神奇，像是一位魔术师，自然界的一切都逃脱不了节气变幻的色彩晕染。芒种，乡间是麦子的一片金黄，城里没有麦子，也得派橙黄橙黄的杏来诉说这个节气中的一点儿心思。

那时候，觉得南磨房乡离城里很远，现在，早已经成为城区的一部分。我现在居住的潘家园，就位于南磨房管辖范围之中。东三环远近一片林立的楼群，原来就是我读中学时候下乡收割麦子的田野。世事沧桑，城市化的飞速进程让节气变得只剩下了日历上的一个符号，起码，芒种节气中，属于北方的那一片凡·高才能挥洒出的金黄颜色，已经很难见到了。

其实，芒种不仅是一个收获的季节，还是一个播种的季节。在北方，是磨镰忙收麦子；在南方，则是忙稻子插秧。过去学过一首古诗，其中有两句：“乡村四月闲人少，才了蚕桑又插田。”虽然说的是比芒种节气略早一些时候，却一样可以看出南方播种时的忙乎劲儿了。

在我的理解中，芒种的“芒”，指的是收割麦子；芒种的“种”，指的是播种稻子。一个节气里既包含收获，又包含播种，在二十四节气中是绝无仅有的，足见芒种这个节气内容之丰富。可以想象一下，在这个节气里，有这样两种鲜艳色彩在交织，一种是麦子金黄一片，一种是稻秧碧绿一片；一边是北方独属的热辣辣的阳光灿烂，一边是南方特有的子规声里细雨如烟。如此辉映在一起，让成熟和成长在同一时刻呈现，是哪一个节气中可以有的辉煌壮观景象？

芒种这个节气，对于农事的重要性便也尽显在这里了。所以，过去有民谚一直流传至今，叫作“春争日，夏争时”。这里的夏，指的就是芒种这个既要收获又要播种的节气，其忙碌的程度要以“时”来计算，远超过春以“日”来计算的。过去还有一句谚语，叫作“芒种芒种，忙收忙种”，说的就是这个节气的忙碌劲儿。在这里，充分显示了我国语言的丰富性，是将芒种中带芒农作物的“芒”字，谐音化为“忙”，一语双关，涵盖南北，将繁忙而丰富的稼穑农事浓缩在这两个字中，实在是我国二十四节气得天独厚的本事，农业时代中很多乡间的文化密码都蕴含其中了。

说起芒种，我总会忍不住想起四十多年前在北大荒插队的时候，也是在麦收之后。只不过，在北大荒，麦子收割要晚于芒种一些时日。麦收之后，农闲时刻，我到当地一个姓曹的老农家借书。别看是老农，因是从沈阳军区复员的军人，从沈阳带了很多书到北大荒，他家成为我很长一段时间的图书馆。那是我第一次去他家，看见他翻开一个红漆立柜，这种立柜在乡间一般是盛放米面的柜子，他却从里面掏出了一本本的杂志，我一眼看到，是《芒种》，封面有齐白石题写的刊名“芒种”两个醒目的墨笔大字。我凑过去一看，柜子里全是《芒种》杂志。

那些《芒种》成了我学习文学的范本。我就是从那时候开始学习写作的。一晃竟然四十多年过去了。芒种，芒种，四十多年前，我频繁从老曹家借阅《芒种》，也够一阵紧忙乎的了。想想，那应该是我的播种也是我的收获季节。

夏至

夏至到　鹿角解
蝉始鸣　半夏生
木槿荣

夏至：夏至的天空

夏至的天空，白天最长，夜晚最短。夏至的天空，白天最热，夜晚最亮。

在周时，夏至曾经被定为一个盛大的节日。白天祭地，夜晚焚香，祈求灾消年丰，这是农业时代人们心底普遍的愿景。我曾经猜想，在那遥远的时代，人们之所以将夏至作为一个盛大的节日，大概是因为这时候正是丰收的时节，却也正是夏天雨涝的季节。如此，才格外祈望丰收能够延续，灾难能够消除吧？节气里，总是蕴含着人们最为朴素的心情，那心情随老天爷阴晴变化而跌宕起伏。节气里的“气”，便不只是气候，也有人们的心气在里面。

夏至这一天，如果不下雨，就是最好的时辰。传统民谚说：“夏至到，鹿角解，蝉始鸣，半夏生，木槿荣。”这谚语说得非常有意思，前两句说物，鹿和蝉，一种动物，一种昆虫。鹿角成熟了，可以割角了；夏天炎热了，蝉开始叫唤了。这是典型夏至的标志，一个有形，一个有声，梅花鹿和金蝉，可以作为夏至的形象代言人。

不过，我一直喜欢谚语的后两句。后两句说的是花，半夏和木槿都要开花了，这让夏至一下子和花木繁盛

的春天有了对比和呼应，夏天并不仅是丰收的季节，也是花开的季节。如今，在城市里，半夏很少能见到，但木槿却是公园和住宅小区里常见的。其实，夏至之后，盛开的不仅有木槿，合欢、紫薇、玉簪等也都会相继盛开。谚语里的半夏和木槿不过是代表罢了，如果夏至真的要有一个LOGO（标志）的话，鹿和蝉、半夏和木槿还真的有一番比拼呢。

夏至的天空，因有了它们而变得活色生香。想一想，鹿摇动着美丽的犄角从青青草地上奔跑而来，蝉在树叶间比赛似的撒了欢儿地鸣叫，再有那些夏花之绚烂与争奇斗艳，真的是奏响了一支夏至交响曲，在整个天空中激情四溢地回荡。

夏至的天空，最美的时候在夜晚。一年四季，夏至的夜晚是最短的，却也是最明亮的。在这时候眺望夜空，星河灿烂，能够看到很多一般日子里看不到的星星。即使不懂银河系里各种星座，也可以清晰地看到北斗七星、牵牛织女星、天狼星和太白星。这对于雾霾横行的今天而言，是格外难得一见的盛景，是夏至和夜空相互给予的一种馈赠。我小的时候，坐在四合院里，望着星光璀璨的夜空，认识并数点着那些星星，心里会觉得宇宙的浩瀚和生活的美妙。如果，再能够看到一次流星雨的壮观，更是额外的收获了。

在四合院里还能够看到萤火虫。在夏至到来的日子里，这些发光的小虫给我们孩子带来欢乐。轻罗小扇扑流萤，是那时候最美的情景。看萤火虫飞上天空，和星星上下呼应对话，一起扑闪着明亮的眼睛，会让我觉得夜空真的非常美丽又神奇。如今，这样美丽神奇的夜景已经很难看到了。曾看到报纸说，在武汉东湖的牡丹园新造了萤火虫馆，人们只能到那里去看人工制造的萤火虫夜景了。无论是玻璃罩还是水泥罩，隔开了夜空的萤火虫，就像玻璃缸里的金鱼一样，还有天然的情趣吗？

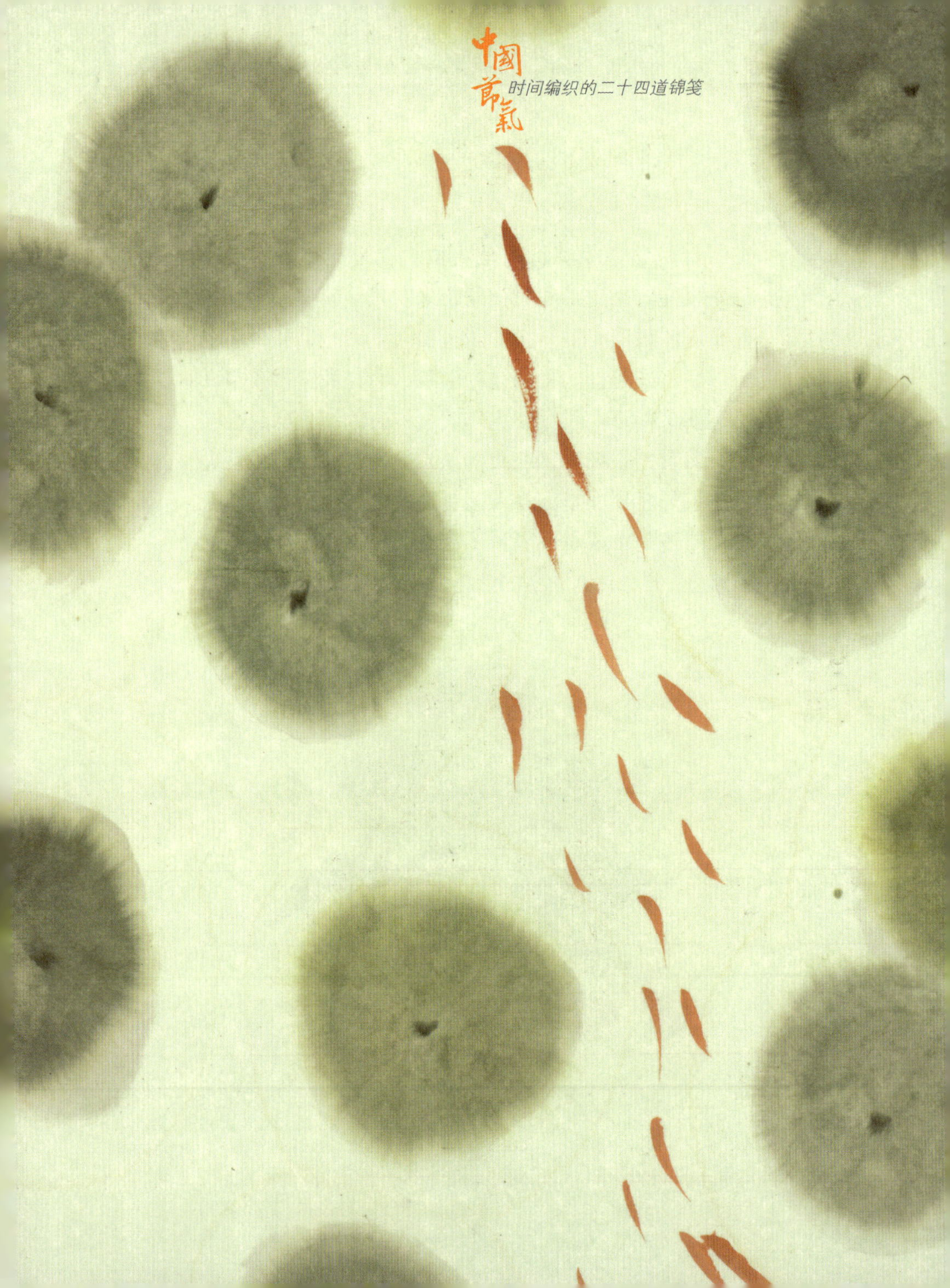
中國節氣
时间编织的二十四道锦笺

在我国，看夏至的夜，最好去漠河。夏至前后，那里是白夜最好看的时节，可以看到一年最美的壮观景色。夜空因白夜的到来而变得格外空阔辽远，那些星辰的闪烁也变得异样的迷离。在北中国的夜空中，夏至把最神奇的景色托付给了漠河收藏并展示。

在国外，看夏至的夜，最好去挪威的首都奥斯陆。夏至前后，六月的夜晚，那里要举办每年一度的室外音乐节。同漠河一样，奥斯陆也在欧洲遥远的北方，也有白夜无比的神奇。当“落日炮”响过之后，星星出来了，夜空还是一片明亮，音乐会开始了，动人的音符像萤火虫一样翩翩飞上蔚蓝洁净的夜空。当年，挪威最伟大的音乐家格里格曾经指挥过音乐会，并演奏过他自己创作的乐曲，那应该是献给夏至最美妙的音乐了。

小暑

盛夏始
入伏旱
温风至
蟋蟀居壁
鹰始击

小暑：小暑宜茶

中国的节气设置很有意思，天冷了，有小寒大寒、小雪大雪之分；天热了，有小暑大暑之分。非要将冷与热的温度，如同官阶一样分出等级来。但是，这只是在一冷一热的两极中，才有的细致划分。在春秋两季中，是没有这样的划分的。

其实，对于一般人来讲，小暑节气的到来，就是说天热了。

但在农村老一辈人看来，小暑大暑的划分，是和种庄稼相关的。对于农民，小暑是不怕热的，因为有农谚说：小暑热得透，大暑凉飕飕。在老天爷那里，炎热会有起有伏，但总会让温度大致平衡均等，所谓背着抱着一般沉，小暑热够了，热透了，大暑就会凉快些，否则，三伏天更难熬。再热的天，农民总要下田干活的，冷热是切肤的，关乎出汗和庄稼。

馨得茉莉無上味
列作人間第一香
茉莉花茶其香鮮靈持久醇
厚清爽湯色則黃綠明亮葉
底嫩勻柔軟誠消暑佳物也

对于城里人而言，有了闲钱和逸致，如今讲究旅游了。但是，小暑不是旅游的好时候。这时候，天气猛地热了起来，不宜出门，而宜于坐在家中，独自一人，或邀请几位亲朋好友，来喝茶聊天，家长里短，天马行空。昆曲《牡丹亭》里唱的：“有风有雅，宜室宜家。”

关于小暑饮茶，宋诗里有很出名的一联：“一碗分来百越春，玉溪小暑却宜人。”宋朝时，讲究分茶，放翁也有诗句：“晴窗细乳戏分茶。”那既是一种仪式，也是一种风俗，品的是恬静自如的心情，使得忙碌杂乱中如同牛嘴里咀嚼得皱巴巴的心舒展一下。所以，诗中提示，在如此炎热的小暑节气里，一碗茶分成几份，才能有春天凉爽温馨的感觉。

不过，诗里说的茶，居然是论碗来盛的。这多少让人有些吃惊。也许，宋朝时说的碗，和我们现在用的碗不同。不过，提及碗来，总会想到大口吃肉、大碗喝酒，这是在《水浒传》里才会有的粗犷镜头。小暑的节气里，宜茶却不宜大碗饮茶。自然，也不必纤秀得如工夫茶一般，非得用泥壶小盅浅斟低饮；或讲究得如英国的下午茶一样，非要有点心来红袖添香。但是，小暑饮茶，毕竟不是大暑喝绿豆汤解暑一般，或者像喝冰镇啤酒一样，抱着大碗咕咚咕咚豪饮。小暑饮茶，不是真的为了解暑，而是寻求一份平静的心境。

所以，越是天热，越是要饮热茶。当然，茶品，可以按照自己的喜好。我是饮绿茶的，觉得绿茶最宜小暑。泡在杯子里碧如春色的绿茶，在室外喷火的天气里，才越发对比得鲜明，衬托出小暑这个节气，是那样的别致有趣。仿佛它有一副火热的面容，又有一颗平静的心，动静自如，冷暖相知，能够让躁变静，让热降温，让跌宕起伏变平易。

如果说，大雪的节气里，最宜于饮酒，尤其是饮那种烫过的老酒，白雪红炉，一尊绿酒，是那个节气里最奔放的插图。那么，小暑的节气里，最宜于品茶，白日红霞，一杯绿茶，是这个节气里最温情的封面。

当然，如果这时候再能够有点儿音乐，就更加完美了。唐诗里说：“小暑夏弦应，徽音商管初。”诗里所说的徽音商管，是中国传统的丝竹古乐。倒也不必那么古，只要是恬静一些的轻音乐就好。就像五花草地上，宜牧牛羊；水平如镜的湖泊中，宜荡轻舟；小暑，宜茶，宜音乐。小暑，便既属于节气，也属于自己的了。

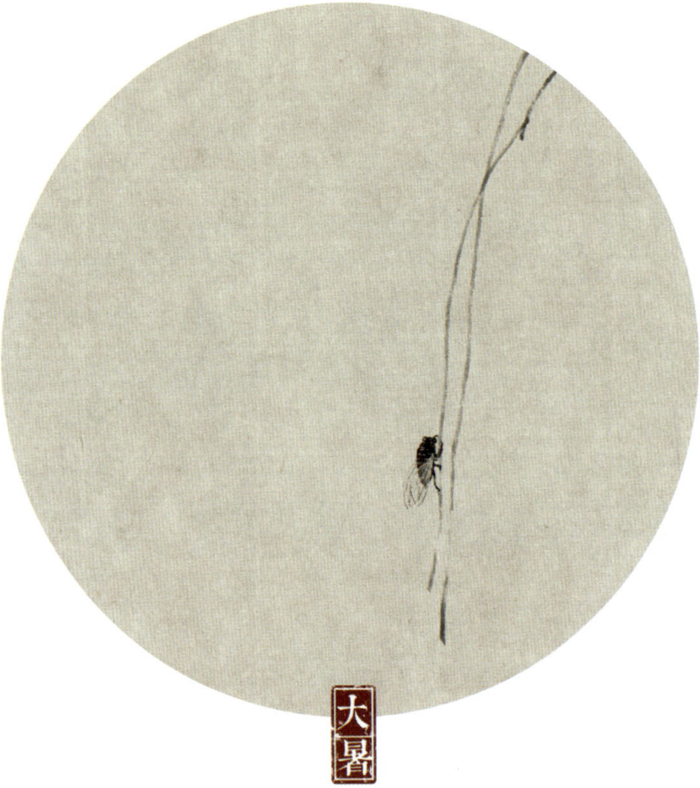

大暑

极热之中
腐草为萤
土润溽暑
大雨时行午后

大暑：京都夏忆

大暑，说文雅点儿，就是盛夏；说俗点儿，就是一年中最烤的日子，三伏天都含在里面了。

在老北京，作为都城，最有意思的是，到了这时候，皇上要给各位大臣发冰解暑。《燕京岁时记》中说：“各衙门例有赐冰。届时由工部颁给冰票，自行领取，多寡不同，各有等差。”看这则旧记，我总想笑，在没有冰箱和空调的年代里，大暑的日子，解暑唯有靠冰，发的冰多少，居然也得根据官阶大小。这让现在的孩子，得笑掉大牙。在封建社会里，老天爷洒下人间的热，愣是人为地分出三六九等来。

那时候，普通人家只能到冰窖厂去买冰。旧京都，一北一南，各有一个冰窖厂，专门在冬天结冰时藏冰于地下，就等着来年大暑时卖个好价钱。清时有竹枝词说：“磕磕敲铜盏，沿街听卖冰。”敲铜盏卖冰，成了那时京都一景。冰窖厂一直存活于北平和平解放之后，这两个地名一直还在。只是前些日子我旧地重游，冰窖厂街已经基本拆干净了。原来的冰窖厂，后来一部分变成了一所学校，另一部分拆平成了宽敞的马路。

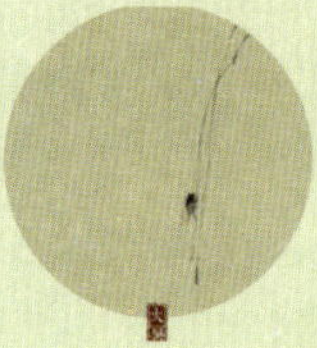

旧京都大暑前后，还有一景，便是借太阳之烈来晾晒衣物，以防虫蠹，这很有点儿以毒攻毒的意思。老儒破书，贫女敝缊，寺中经文，都在晾晒之列。清时有诗说：“辉煌陈列向日中，士民至今风俗同。”不过，不少寺庙每年这时候举行了晒经会之后，风俗便开始变了味儿，逐渐成了庙会，人代替了经书，美女更是比经书养眼。《天咫偶闻》中说：“实无所晾，仕女云集，骈阗竟日而已。”

不过，这也可以看出老北京人对于生活的性情，贫也好，富也好，冷也罢，热也罢，无论在什么情况下，都能自寻其乐，用老北京话说，叫作“找乐儿”。

在大暑到来之际，老北京人找乐儿最好的去处，是宣武门外的护城河边。那时候，皇宫养象的象房就在宣武门内，很近，每年这时候，官校都要用旗鼓迎象出象房，再出城门，到护城河洗澡消暑。那时候，聚在河边看洗象，成了大暑天盛大的节日。有钱人，会如王士禛诗中所写的那样："玉水轻阴夹绿槐，香车笋轿锦成堆。千钱更赁楼窗坐，都为河边洗象来。"没有千钱可以坐在楼窗前最好位置的穷人们，则只能拥挤出一身臭汗，在河边看热闹。想那时的情景，应该如现在看音乐会、歌剧一样，阔人有包间，穷人有站票，热闹得也就不怕热了。

在取消象房之后的清末民初之际，没有洗象的热闹可看，一般人找乐儿，是去什刹海。那时有唱“十不闲”（“十不闲”是清代康熙年间始在北京流行的一种民间曲艺形式，由凤阳花鼓发展而成）的小曲这样唱道：“六月三伏好热天，什刹海前正好赏莲。男男女女人不断，听完大鼓书，再听十不闲。逛河沿，果子摊儿全，西瓜香瓜杠口甜。冰儿镇的酸梅汤，打冰盏卖，了把子儿莲蓬，转回家园。”

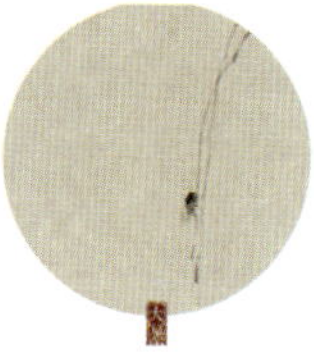

这样的炎夏情景，今天在什刹海还能依稀见得到。子儿莲蓬，就是嫩莲蓬，在今天的什刹海，应该还可以买得到。这个节气，老北京人讲究吃子儿莲蓬。

除了子儿莲蓬，还爱喝荷叶粥，嚼藕的嫩芽。《酌中志》说这节气里要“吃过水面，嚼银苗菜，即藕新嫩秧也”。看，这个特殊的节气，大自然不仅给予我们最炎热的温度，还馈赠我们最美丽的荷花，而且，那荷花连叶带根带果实，都成了我们的时令食品。当然，别忘了再来一碗过水面，在这个大暑的节气里，我们就可以过得神清气爽了。

立秋

一叶落而知天下秋

凉风至　白露降

寒蝉鸣

立秋：风吹夜来香

尽管立秋过后还有一伏，炎热并没有过去，“秋老虎”依然厉害，但是，毕竟节气到了，秋天到来了。

最明显的节气征候，是树上的叶子再没有春天那样碧绿，也没有夏天那样旺盛，而在悄悄地转黄，甚至开始飘落。过去有句成语，叫作“叶落知秋”，秋天，意味着大自然的生命开始一个新的轮回。

说起“叶落知秋”这个成语，忽然想起已故北大教授吴小如先生讲他父亲吴玉如先生的一段逸事，说吴玉如先生当年讲课时测试学生文学智商，出的试卷上有这样一道填空题：一叶落（ ）天下秋，填“而”字满分，填“知”字及格，填“地”字不及格。“而”是虚词，有想象空间；“知”是实词，太实了；“地”，叶子不落在地上还能落在天上吗？太糟了，肯定不及格。这道填空题，依然可以作为今天的试题，在立秋之日考考我们自己，应该算是关于立秋文化最简单却也最有意思的测试了。

关于立秋文化，和树叶相关的还有很多。比如，在过去的老北京，立秋之日，讲究头上要戴楸叶。当然，是为了取“楸”和“秋”字的谐音，表示与秋共舞的意思。不过，也说明树叶和立秋的关系确实密切。春天，小孩子或姑娘会在头上戴花，但是，立秋，是不会戴花的。并不是这时节里已经没有春天那样多的花，立秋前后，正是栀子花、茉莉花和芙蓉花开得旺盛的时候，只是，人们不会选择花来戴了，因为和节气不符。这就是节气的厉害，它在千百年中将习惯固化下来，代代相传，成为一种民俗。

关于立秋的民俗，除了戴楸叶，还有很多。比如，贴秋膘，吃瓜果，不能再喝生水。戴楸叶的传统如今已经消失，但是，后三者依然存活在人们的生活之中。

不能再喝生水，是说夏天天热喝点儿生水还行，但节气到了立秋，这时候的生水叫作“秋头水”，喝了会闹肚子，还会生暑痱子。这在明朝的《帝京景物略》中就有记载。

吃瓜果，当然是说这季节正是瓜果上市的时候，可以趁机多吃一些。这里的瓜，指的不仅是西瓜和香瓜等甜瓜，还包括黄瓜、丝瓜和苦瓜，都应该是多吃而益善。在天津，听天津人说吃西瓜叫作喝瓜，觉得这个“喝”字非常形象，比北京人说的吃西瓜有气魄。香瓜，我觉得北京的品种在退化，要吃还得吃东北的。在北大荒插队的时候，一年四季最美的时候，是立秋过后到瓜园摘香瓜吃。那种绿皮和白皮里藏着金黄色瓤的香瓜，即使不打开，放在屋子里也会满室飘香。至于说丝瓜和苦瓜，自然是南方的好，但是，要吃秋黄瓜，还是属北大荒，起码是东北的，别看没有北京黄瓜长得那样苗条，粗粗的，有些五短身材，但有一种清香味儿。

贴秋膘，讲的是夏天人体消耗很大，要在立秋时补充一下营养。对于北京人，贴秋膘，讲究的是要吃涮羊肉。在我们老院里，那些老街坊常说，立秋之后，就是家里再穷，哪怕是袜子露出了脚后跟了，也得吃一顿涮羊肉。那时候，我们的大院里住的大多是普通人家，吃一顿涮羊肉是一年里少有的享受，这是托了立秋这个节气的福。

在我们大院里，别看家家不富裕，但是关于节气的穷讲究可不少。立秋前后，是大院里夜来香开得最盛的时候。那时候，富裕的人家会养上一盆茉莉花，大街上，也会有卖茉莉花的。但是，我们大院的街坊们说茉莉花娇贵，不好养，还是夜来香好养，就像指甲草一样，不用花盆，往墙角旮旯里撒上籽就能活。夜来香浓郁的香味，像长了翅膀一样，满院子飞翔，成为我童年关于立秋最美好的记忆。

处暑

暑气至此而止矣
鹰乃祭鸟
天地始肃
禾乃登

处暑：处暑抢场

我一直觉得，在大暑和处暑之间夹着一个立秋，显得不那么对劲儿。虽然说立秋之后还有一伏，但一个“秋”字，总是和暑天是对立的。立秋意味着天气要凉快了，怎么可以将一个有些萧瑟之意的“秋”字，夹在两个热气腾腾的“暑”字之间呢？

当然，这是对于处暑的这个“处”字不理解。古人说“处”，是“止”的意思。也就是说，处暑是指暑天到此止步了。不过，按照我固执且幼稚的想法，还是应该把处暑和立秋这两个节气的位置换一下，起码在字面上，可能让人觉得更对位一些。

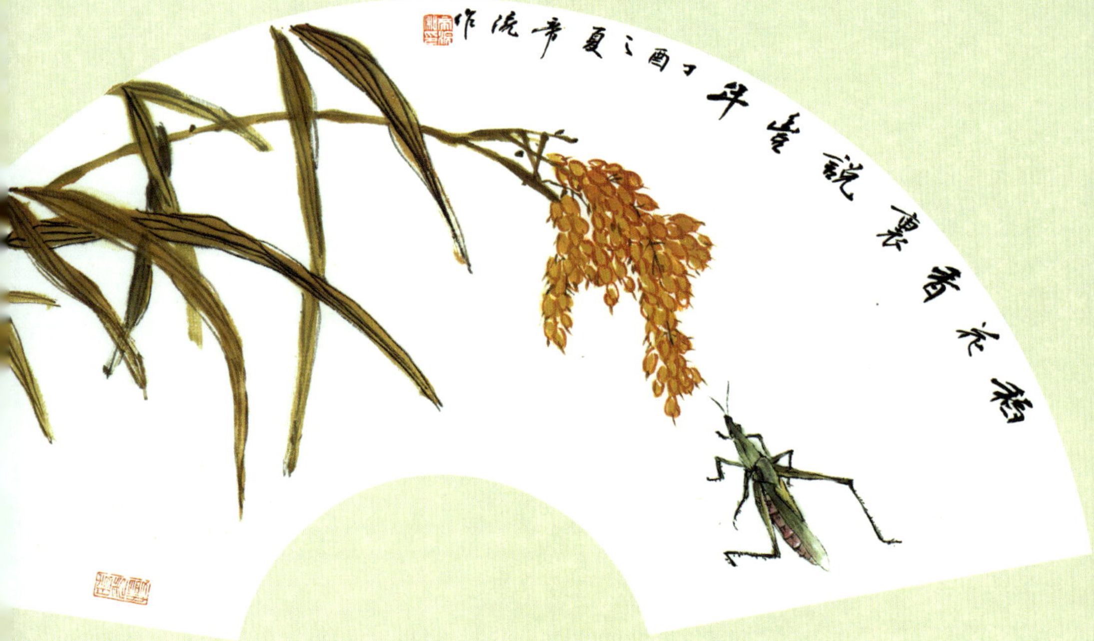

对于处暑这个节气真正的认知，是我当年在北大荒插队时获得的。这个节气里，麦子已经完全收割完毕，开始在场院上晾晒，就要灌麻袋入囤了。这是一年稼穑中重要的一环。对于庄稼人，这就是最后的收获季节。古书里说起处暑这个节气，爱说的话叫作：“处暑到，禾乃登。”节气和城里人的关系，远赶不上和乡里人的密切；城里人对节气的理解程度，也赶不上庄稼的成熟速度。

这个季节里，晾晒麦子至关重要。麦子晾晒得不干，入囤之后就容易发生霉变。因此，这时候太阳就是麦子最好的朋友。但是偏偏这个时候，老天爷爱下雨，尤其是在北大荒，那雨说来就来，没有个由头。这时候的天，就像小孩的脸，说变就变。刚刚还是响晴烈日，转眼就可能变成了大雨倾盆。这时候，就得看晒场主任的眼力和指挥能力了。因为整个晒场的麦子，都必须赶在下雨之前用草帘子或帆布做的苫布苫盖好。那节骨眼上，晒场主任简直就像指挥千军万马的将军，整个晒场让他指挥得万马奔腾，硝烟四起。在整个这一季节里，就连队长也得看晒场主任的脸色，因为这关乎一年的收成。

那时候，我们队的晒场主任姓苏，山东汉子。一年时间里，在队上，他都不显山露水，好像没他这么个人似的。但到这时刻，他显得格外趾高气扬。他能够闻得见风起于青萍之末，可以赶在雨脚到来之前，抢先把麦子苫盖好。等雨刚刚过去，他又会敲响晒场上挂着的那块拖拉机的破链轨板，敲得震天动地，指挥大家抢时间，赶紧把盖在麦子上的苫布和草帘子掀开晾晒。一天之内，这样的盖苫布掀苫布，不知有多少回，算得上是争分夺秒了。

所以，那时候，这活儿叫作“抢场”。不知别处是不是也这么个叫法？一个“抢”字，活灵活现地再现了人们对于这个节气的心情。后来，在书上看到关于处暑的若干民谚，其中有一句说：“处暑有雨万人愁。”那时候，我们队上最愁的是晒场主任老苏。没有那种抢场经历的人，是难以体会这句民谚的滋味的。

我曾经写过一首“抢场”的小诗：“云黑雷声隐，天低暑气浓。风来枝乱叶，雨去绿杂红。车陷一尺泥，屋生半地虫。抢场场院上，晒麦趁晴空。”现在看，写得实在是太文气了，把处暑抢场写得过于诗意浓浓了。如果让老苏看到了，一定会指着我的鼻子说道：大雨来了，抢场的时候，谁还顾得上看枝乱叶、绿杂红？我的眼睛里可全是麦子，麦子！

没错，处暑节气里，抢场的节骨眼儿上，麦子是唯此为大的。那时候真的是怕下雨。哪里像现在，处暑前后，暑气还没有完全消散，就盼着下点儿雨，天气能够凉快点儿，还能平添点儿诗意。对于同一个节气，人在不同的地方，人生在不同的季节，想法和心情是多么的不同啊！

白露

白露为霜

鸿雁来 玄鸟归

群鸟养羞

白露：金风玉露一相逢

在二十四节气中，白露是很特殊的一个。

因为二十四节气的命名，一般都是中性的词，用简洁的两个字客观而明确地说明现实，很少带有感情色彩。用“白”这样的颜色形容词来界定节气，只此一个。这便使得白露“与众不同”，具有了其他节气没有的鲜明的色彩特征。

关于白露，在我国古典诗词里最有名的，莫过于《诗经》中的“蒹葭苍苍，白露为霜”了。不过，我一直觉得将白露和霜连在一起，与节气不符，心情过于迫切了一些。露和霜是两种不同的形态，白露为霜，还要经过秋分和寒露两个节气，才能到达霜降呢。露，说到底还是水的状态，而霜则明显是水的结晶，在向着雪靠拢了。虽然两者都出现在秋天天气转凉之际，却像是一位女人的中老年之分，一个表现在初秋，一个表现在深秋。

白露的“白”字，让其在二十四节气中特点立判，凸显出洁白晶莹的透彻之态。这是这个节气里才有的，是大自然的馈赠。小雪、大雪节气也可以是洁白且呈晶莹透彻之态，但没有将它们叫作白雪，就因为除了洁白晶莹透彻，它们缺少水凝成露的那种露珠独有的珠圆玉润滚动之态，同时，又像是葡萄珠轻轻一碰即碎的湿润而惹人怜爱之态。

白露可以在日后转而为霜，但白露节气里不会有霜。这正是这个节气的特别之处：这个节气暑气尽退，天气转凉，但这个“凉”字是“凉爽”的“凉”。所以，在白露节气之后还有一个寒露的节气，以“寒”字来区分这个“凉”字。

因此，在这个节气里，并不显萧瑟之气。树的叶子还没有完全变黄和飘落，北京有名的香山红叶也还没有来临。鲜花依然在做最后冲刺般的开放。北方的雁来红和鸡冠花，南方的木芙蓉和茉莉花，都还开得正旺。更不要说南方北方都有的菊花，仍然伴随这个节气，一直绽放到深秋，渲染得秋色无比绚丽。古诗中说：诗有少陵难著语，菊无元亮不成秋。这里的秋，就是白露节气中的秋。这是整个秋天最好的时辰，在这样的时辰里，秋才有了诗的味道。

当然，上面所说的这些都是城里人眼里白露节气的风景。在乡间，人们关心更多的是庄稼。有这样一句谚语：“白露高粱秋分豆。”就是说在大田里，白露时节该收割高粱了；而在菜田里，则是冬瓜南瓜可以下摘，白菜萝卜却正处于浇秋水的关键阶段。如果这时候到乡间去，可以看到田野里这些庄稼和菜蔬的姹紫嫣红。大自然是一个调色盘，将一年四季最丰富的色彩呈现在此时此刻。

过了白露，就有重要的收获：那便是枣红了，核桃和栗子之类的坚果也陆续成熟了。前些天，在市场上看见有核桃和红枣在卖。那核桃被剥去绿皮，砸破硬壳，露出鲜亮的白肉，却因为水分多，是很难储存的，买回家没几天就会萎缩干枯变黑。而那鲜亮的红枣上的红，更可疑，因为颜色可以骗人，但节气是不会骗人的。

在中国古诗词中，关于白露，还有一句也非常出名，那便是宋代秦观《鹊桥仙》里的：“金风玉露一相逢，便胜却人间无数。”尽管它拟人化，更多的是拿节气说感情，但因为有了感情的融入，便让这个节气一下子越发地活色生香。秋属金，露从玉，才有了金风玉露一说。在我看来，更是金生火，露为水，如此对比得刚柔相济，又交融得相得益彰，才会让这个节气里的天气和人们的心情相互补充、美好熨帖，成为一年四季中胜似人间无数的杰作。

秋分

一阵秋雨一阵寒
雷始收声
蛰虫培户
水始涸

秋分：秋向此时分

二十四节气中，有秋分和春分相对应，它们分别又是和立秋、立春相关联的。

也就是说，立秋和立春是秋天与春天的开始，秋分和春分则是说秋天和春天都各自过去一半了。所谓“分”，是均等的平分。俗话说的“平分秋色”，是这个意思；清诗里说的“燕将明日去，秋向此时分”，也是这个意思。

秋分到了，意味着深秋来临，和夏天里的仲夏是一种相同的气候象征。这时候是秋天最好的时候，不冷不热，凉爽宜人，即便人们常说“一场秋雨一场寒”，那秋雨再凉，也是爽快的。在北京，这是一年四季最好的季节，秋高气爽，阳光明亮，却不再灼人。有歌唱道：“那段盛夏灿烂过，长过一声叶落……”叶落了，也是金黄色的，绛红色的，可以作为书签，夹在季节的记忆里。

在北京，这时候是水果上市的时候，即便在以往交通不发达的日子里，没有南方水果，北京自己的水果品种也已经不少。《北平风物类征》引《春明采风志》中，就记载有“雅尔梨、沙果梨、白梨、水梨、苹果、林檎、沙果、槟子、秋果、海棠、欧李、青柿、鲜枣、葡萄、晚桃、桃奴。又有带枝毛豆、果藕、红黄鸡冠花、西瓜”。这些水果中，有的现在已经见不到了，比如林檎果，如今到哪儿能买到？

这时候，北京城大街上会应时应令摆出许多大小摊子，专门卖水果，叫作“临节果摊儿”。当然，最集中也最热闹的，当属前门外的果子市。这是一条小街，北起鲜鱼口，南至珠市口，不过长一里地，却是果摊儿鳞次栉比，批发兼零售，如同现今西红门外的新发地。《都门记略》一书中说：“果子市在前门东……列灯火如昼，出诸果陈列，充溢一市。”

这时候，北京大街上还有一景，便是卖糖炒栗子的。《都门琐记》里说：“每将晚，则出巨锅，临街以糖炒之。”《燕京杂记》里说：“每日落上灯时，市上炒栗，火光相接，然必营灶门外，致碍车马。”那是清末民初时的情景了，巨锅临街而火光相接，乃至阻碍交通，想必很是壮观。而且，一街栗子飘香，是这时节最热烈而浓郁的香气，盖过了这时节的桂花香味扑鼻。

在老北京，这时候，大街上另有一景，是卖兔儿爷的。这种兔儿爷是用黄土加水和泥做成的，烧干之后，涂上颜色，大小不一，造型不一，有的骑马，有的骑虎，有的穿着戏装，扎着靠旗，摞成小山一样，堆放在摊子上卖，有竹枝词说：“瞥眼忽惊佳节近，满街争摆兔儿山。”这里说的佳节，是指中秋节，秋分节气是紧挨着中秋节的。今年更是如此，秋分过后四天，便是中秋节。在以前的日子里，这时节不仅是月饼上市的时候，更是少不了兔儿爷列阵的。这是属于我们中国的民间神话传说，是月宫里和嫦娥、吴刚、桂花树四位一体的捣药的玉兔，大小也是一尊神仙，是要请回家供奉的呢。

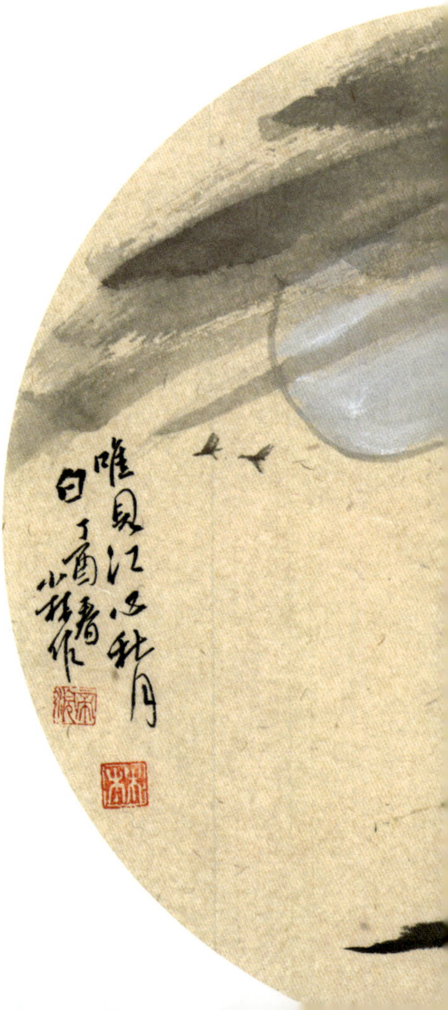

如今的北京，这时节水果琳琅满目的情景依然还在；虽然不再是巨锅临街火光相接，已经改成电火炉，但糖炒栗子香飘满街的情景依然还在。只是，兔儿爷有些沦落了。前两天逛前门，在杨梅竹斜街上看到一家小店，店门的窗户上写着“北京兔儿爷”几个红色大字，专门卖兔儿爷，其他地方还真的少见。如今，各种新潮的变形金刚之类的玩偶占据了市场，但是，兔儿爷这种带有我们民族与民俗特色的玩意儿，却是有故事可以娓娓道来的，是和节气密切联系在一起的呀！

又想起了那句诗：“燕将明日去，秋向此时分。”秋可以向此时分，燕也可以在明日去，但是带有我们民族民俗文化传统的东西，不要也一起远去了呀！

寒露

寒露下
霜乃早降
鸿雁来宾
雀入大水为蛤
菊有黄华

寒露：露似珍珠月似霜

白露、寒露和霜降，是三个连在一起的节气。

这三个节气是秋天渐行渐远的脚步，以水凝结成露、进而为霜这样三种形态为标志，让一个秋季特别是深秋季节，变得如水墨画一样，可触可摸。在这里，“露”两次出现，显示出在秋季位置的重要性，与蒹葭或落叶或鸿雁等秋季常出现的象征物相比，都要格外别致。如果说前者都有些秋季的萧瑟感觉，唯独露显示出秋季的晶莹剔透的一面。中国有很多说秋的词汇，其中一个特殊的词，叫作“清秋”，这个清秋的“清”字，应该是露所塑造而成的，只是寒露的“寒”字，让这晶莹的露变为清冽，透露出季节的严肃与严酷性。

寒露的“露”，比白露的“露”，要冷了许多，这时候的露与马上到来的下一个节气霜降，紧迫得只有一步之遥。过去常用一句诗：“冬天来了，春天还会远吗？”也可以这样说：“寒露来了，冬天还会远吗？”寒露时节，能够隐隐听到冬天的脚步声，在霜那边等候，在雪那边整装待发。

寒露时节，露是主角。尽管它们只是在夜里出现，在清晨的阳光下消失。但是，它们就像一幕大戏里那些主宰全剧命运的神灵，在倏忽一闪中，在不动声色里，主宰着季节的征候，让开放了整整一个夏季绚烂的花朵尽情凋零，让春天就开始长出的缤纷树叶纷纷飘落，让秋草可以一夜变黄。古诗里说：“素秋寒露重，芳事固应稀。”又说：“九月寒露白，六关秋草黄。”说的都是寒露不可阻挡的力量。

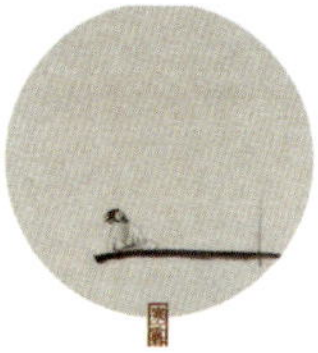

在中国古诗里，有很多这样和节气密切相关的诗句。中国古诗为节气立传，体现了对大自然的敬畏，因为中国古代文化讲究天人合一。如今的诗歌讲究自我和内心，在向内转化的过程中，流失了很多的东西，是非常可惜的。如今，如果不知道白露和寒露的差异，是自然不过的事情了。

寒露时节，大雁和菊花是不可或缺的配角。在寒露的节气三候里，它们占了两候，说是鸿雁来宾、菊始黄华。它们一为动物，一为植物，一动一静，一天一地，作为这个时节与露水相配的配角，是再合适不过了。尽管落叶纷纷，来年还可以重新绿满枝头，但是落叶毕竟有死亡的特征。大雁南飞，来年依然可以飞回来，和落叶的含义本是一样的，却因为生命的存在，便像南飞过冬串门走亲戚一样，让人有了期盼的情感。孟郊有诗云："秋桐故叶下，寒露新雁飞。"他在大雁前偏偏用了一个"新"字，是修饰，也是强调大雁来年飞回时新的生命意义。

菊花在这时候开得最旺。在中国传统文化中，梅花是冬天的象征，荷花是夏天的象征，兰花是春天的象征，菊花是秋天的象征。咏菊的诗多如牛毛，如果不算屈原诗中的菊花有过于强烈的个人情感意义，陶渊明的“采菊东篱下，悠然见南山”可以说是鼻祖。清淡如菊，淡雅而有味道，是只有人生到达这个季节里才会有的心态和境界。

寒露时节，登高是最好的选择。其实，登高任何时候都可以，但在寒露时节登高，是中国传统文化的一种特征。这时候登高，才会看到大雁南飞、菊花盛开，更会看到“无边落木萧萧下，不尽长江滚滚来”的壮观。这时候，大自然的生老病衰，一下子显得格外醒目，生命在对比中显示出特别的色彩和意义。所以，唐代刘禹锡的诗里才会说：“凝光悠悠寒露坠，此时立在最高山。”他强调寒露和山的最高处。应该说，这更是这个季节里人在大自然的感召下最高的心态和境界。

霜降

气肃而霜降
豺乃祭兽
草木黄落
蛰虫咸俯

霜降：被忘却的霜兔

在中国传统的节气里，是讲究吃的。到什么时候吃什么，一招一式不能乱。比如：元旦要吃驴肉，谓之“嚼鬼”；春节吃荔枝干、龙眼干、栗子、红枣、柿饼等杂拌儿，叫作“百事大吉”；立春要吃萝卜，谓之“咬春”；五月吃新玉米，叫作“珍珠笋”；重阳节吃花糕（一种双层三层乃至更多层的点心，中间夹着枣、栗等果仁），叫作“层层登高步步高升”。

今年，过重阳节的第三天就是霜降节气。吃完了重阳的花糕之后，该吃点儿什么呢？

霜降日，是初伏过后整100天，这个节气，是秋天结束、冬天到来的交界点。对于讲究秋收冬藏的中国人而言，当然是需要格外讲究的。老北京人，这时候讲究喝菊花酒，吃迎霜兔。这在《酌中志》里早有记载。不过，这个传统，今天已经没有了，菊花酒早被二锅头取代；而迎霜兔，恐怕没有多少人知道了。为何这节气里要特别吃兔子，而且还要特别蘸鹿舌酱一起吃？这种民俗，恐怕和清入关以后皇上爱好打猎有关。皇上到关外的木兰围场打猎，一般旗人到京城的西山。于是，野味便成为此时最佳选择。兔子应霜降之日，美名曰“迎霜兔”。鹿舌酱大概是皇家的特色，一般人只能吃麻辣酱。可以说，这是旗人之俗，以后繁衍为老北京人的一种时令吃食。只是，如今，除了稻香村这个时候还专门卖熏兔肉，名曰“霜兔”，让人多少能回味一点儿前朝风情，一般人对这样的传统，已经隔膜得有些遥远了。

在我小的时候，还讲究霜降前后吃鸭广梨。以前一直不知道为何这种梨叫作“鸭广梨”，后来看《燕京岁时记》，书中说这种梨“形如木瓜，色如鸭黄，广者，黄之转音也”。这种梨不如鸭梨脆，越放越软，吃起来是面面的，却别有一种香味。如今，这种梨偶尔能够见到有卖的，但是，年轻人不大认了，已经无情地被黄冠等新品种取而代之。

一直延续至今而被北京人热衷的霜降吃食，应属涮羊肉了。老北京人管涮羊肉一般叫作“涮锅子”。这个时节是吃涮锅子的开始之时。不少饭馆的涮锅子，从立秋就开始了，但讲究的，是在霜降前后。入冬之后，白雪红炉之时，当然也可以吃涮锅子，但讲究的，一般那时候是吃炙子烤肉。

來看我砂鍋那麼大的拳頭

東南海岸每多灘塗潮退之時眾多小動物熱鬧非凡其中萌物以招潮蟹及彈塗魚為最招潮小蟹鉗大如旗擧之不懈彈塗魚則喜弓身支鰭裝腔作勢以獲地盤幼時常觀之以為樂 丁酉春帚流記

还有一种吃食，也延续至今，不过，不像涮锅子那样被北京人认可，已经是日渐被冷落一旁了。这种吃食，便是大白菜。民谚说：“霜降砍白菜。”这时候到立冬，北京大街小巷，都在卖白菜，过去叫作冬储大白菜，几乎全家出动，人们推着小车，拉着平板车，一车车地买回家，堆在自家屋檐下，用棉被盖着，要吃一冬，一直到青黄不接的开春。可以说，这是老北京人的看家菜。过去人们常说：“萝卜白菜保平安。”

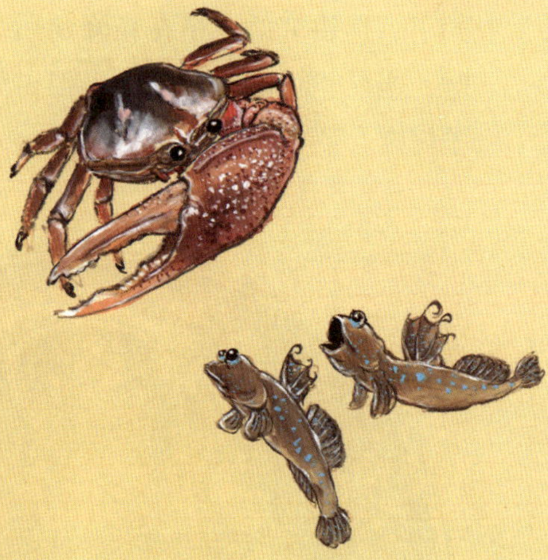

清时有竹枝词说："几日清霜降，寒畦摘晚菘。一绳檐下挂，暖日晒晴冬。"这里说的晚菘，指的就是大白菜。把大白菜、韭菜称作霜菘雪韭，是把这种家常菜美化成诗的文人的书写。《北平风物类征》一书引《都门琐记》这样解释："白菜嫩心，椒盐蒸熟，晒干，可久藏至远，所谓京冬菜也。"这里说的是储存大白菜过冬的一种方法，即晾干菜。渍酸菜也是一种方法。这是物质不发达的时代所产生的民俗。

如今，大棚蔬菜和南方蔬菜多种多样，四季皆有，早乱了时序与节气。冬储大白菜，已经属于北京人的记忆。一些与时令节气相关的吃食，可以随时代变迁而更改，却不会完全颠覆或丧失。这不仅关乎人们的味觉记忆，更关乎节气的民俗传统与传承。

立冬

万物冬藏

水始冰　地始冻

雉入大水为蜃

立冬：立冬和万圣节

立冬前，从中国来到美国，正赶上这里要过万圣节。

同样是冬天即将来临，同样是树上的叶子变红变黄，脚下的落叶一片瑟瑟之声。节气的共同性，让东西两半球如此相似，大自然的语言无须翻译即可人人懂得。我们的立冬，和他们的万圣节只相隔一个星期，心里便忍不住，将中西这两个节做一番比较。

如今，立冬在中国已经算不上是一个节日了，而仅仅是一个节气。即便民间还有立冬吃饺子的习俗，也只是吃一顿饺子而已，没有什么节日的气氛了。这时候的美国，万圣节的气氛已经很浓，无论是公园、商店，还是各家的门前，各种各样的古怪幽灵粉墨登场，在风中尽情摇曳，而南瓜更是耀眼的一片金黄，成为这个时候重要的色彩。

在我国古时候，立冬曾经不仅是一个重要的节气，也是一个重要的节日。起码在周代，君王要率领文武百官到郊外大自然中举行盛大的仪式，谓之“迎冬”，和后代君王要祭天祭地的意义是一样重大的，体现了原始自然崇拜。如今，这样的仪式，已经被一顿饺子所替代，足见历史的变迁与时代的进化，也足见民俗的力量。民俗让立冬从君王的盛大典礼变成百姓的日常生活点缀，大自然曾经给予我们祖先的那种神秘敬畏之感，让位于冷暖之间的实际温度感觉与感受。立冬，便也就完成了从节日到节气的转化。

其实，在我国二十四节气里，不仅仅立冬早已经完成了这种世俗化的过程，其他很多节气，在这样世俗化的过程中，也已经化繁为简衍化为了吃。二十四节气里，民俗讲究吃饺子的，不止立冬一个。“好吃不如饺子，舒服不如倒着。”这句民谚道出了农耕时代的中国人普遍的价值观，饺子便成为节庆的一种象征物，就像美国万圣节的南瓜。更何况，立冬是一年四季里冬季到来的门槛，民谚说：“立冬补冬补嘴空。”吃就尤为重要。饺子的象征意义更是明显，不像万圣节的南瓜灯，早已将最早夜间驱鬼的意思，化为一种游戏的玩偶，很像我们灯节里的花灯，点燃节日的气氛和心情，渲染得到处花开一般烂烂漫漫。

万圣节，源于古凯尔特人新年之际祭奠和祈求平安过冬的习俗，现在喜庆的意味成了主流。在祈求平安过冬这一点上，和我们的立冬有相似之处。平安过冬，休养生息，在我们中国，讲究的是一个“藏”字。立冬的“冬”字，古意是“终”，也就是稻谷收割归仓，万物尽要收藏了。以后，冬才渐渐演变为世俗的冷的意思，冬天到了，天气转寒，需要避寒取暖，平安过冬。在民间，这个节气里，尤其在北方，要糊窗户，砌暖炕；要缝棉被，添寒衣，是迎冬的具体表现。特别是寒衣，成为我国传统准备过冬的一种象征物，曾经在我们的古诗中被百般吟咏。早在《诗经》里就说“七月流火，九月授衣”。这里的九月，正是立冬前后的时候。杜甫诗中更是说这个节气里“寒衣处处催刀尺”。只不过，我们的迎冬，过于实际，显得有些寒意萧萧；而万圣节将迎冬的意思化为孩子们戴面具、穿彩衣、挨家敲门讨要糖果的热闹游戏，将寒意融化在孩子的欢乐之中。我们有点儿像是用寒衣捂暖这个冬天，他们则有点儿像用孩子的欢笑叫醒这个冬天。

我们的立冬和万圣节还有一点重要的相似之处，常常被人们忽略——不仅是我们，西方人也一样，都将其曾经拥有的古老意义忽略——便是祭祀亡灵。我国古代君王率领文武百官到郊外举行盛典迎冬，其中重要一项内容是祭祀亡灵，尤其是为国捐躯的将士。万圣节，也是将祭祀亡灵和祈求平安过冬联系在一起的。如此，冬季的休养生息才会安稳，立冬的意义才有了重要的生命依托。

小雪

雨下为寒气所薄
凝而为雪
地寒未甚故小

小雪：清寒小雪前

今年立冬之前，北京下了一场小雪。这是多年没见过的。

记得去年初雪是在大年初一，按照日子算，今年的初雪早了整整三个月。前年的初雪则是立春过后的第三天，相比起来，今年的初雪来得真够早的，有点儿急不可耐赶赴冬天的什么约会。

难怪人们常常将初雪比作初恋，那种晶莹洁白、落地转瞬即化的样子，很像是纯真又飘忽乃至飘逝的初恋。记得很多年以前，曾经读过一篇小说，讲一个少女的初潮来临的那一天，她跑出门外大叫，正好看见初雪飘落。当然，小说是虚构的，是想以初雪比喻初潮，让这样红白对比得更纯洁而美好，是初恋朦胧的前奏，也是人生新的觉醒和开始。

其实，小雪节气时赶上初雪的概率是很低的。因为，小雪只是立冬过后的第一个节气，不过是冬天刚刚起步，天气渐冷，却还没有完全寒冷彻骨，到了飘雪的时候。我喜欢放翁的一句诗：“久雨重阳后，清寒小雪前。”诗句里的小雪是对仗于重阳的节气，并非指真的下雪。小雪未雪，是北方尤其是干燥的北京常见的，只是这个节气里，天气变得如诗人所说的，有些清寒。这“清寒”二字，是这个节气最恰当而形象的指示牌。如果说冬至后的大寒才会露出冬天真正的面目，那时候的寒冷可以称之为酷寒，那么小雪节气里的“清寒”，便由此对比得如同一位清瘦的旗袍女人，而那种“酷寒”的季节，则像是一个必得穿上羽绒服的臃肿的胖美人了。所以，在我国从古至今，给女孩子起名字的，有叫小雪的，而很难见到叫大寒的。

小雪时节，赶上真的飘起细碎小雪花的，在我漫长的人生中，只赶上一次。那是四十多年前，我刚刚到北大荒插队不久，记得很清楚，是大田里的豆子刚割完收到场上，还没有完全入囤。一天上午，天空忽然飘起了小雪花。由于北大荒的田野甩手无边，一眼望过去，无遮无拦，一直连到远远的地平线。那小雪花仿佛迈着细碎的小碎步、跳着芭蕾的小精灵一般，从天边慢慢地飘过来。起初，根本看不见，渐渐地，才见它们拉着洁白的轻纱一样，罩满了天空和田野，也罩满了我们的晒场。那时候，我正在晒场上装满满一麻袋一麻袋的豆子入囤，眼瞅着小雪花就铺满了晒场的地上，绒毛毛的薄薄的一层，像是前些日子早晨起来常常看到过的秋霜。而沾在大豆上的雪花，更像是割豆子时常常冻僵我手指的霜花。而入囤要爬上的那三级高高的跳板上，已经像铺上了一层银白色的地毯一样，飘忽在雪花中。

北大荒地处我国最北方，天气显得更冷，小雪前下雪很常见。当地老农告诉我，还有在“十一”国庆节就下雪的时候呢。但是，我却是第一次见到这么早下雪的。而且，雪越下越大，到了下午，已经是铺天盖地，白茫茫一片。跳板上全是雪花，太滑，入囤的活儿没法干了。队上放假，我们跑到当时的知青大食堂里玩，那里有我们自制的乒乓球球台。年轻时，吃凉不管酸，以苦为甜，找乐穷开心。尽管四十多年过去了，记忆里的情景还是那样的清晰，我和伙伴打乒乓球比赛，谁输谁要买一个罐头请客。那时候，队上小卖部只剩下了香蕉罐头，那种香蕉罐头，到现在我也忘不了，一个罐头里，直杵杵的，只立着四根，是两根香蕉从中间切成了两截。我们的比赛，一直打到小卖部的香蕉罐头卖光。

以后，小雪时节，我再没有见过下雪。当然，我再也没有见过这样的香蕉罐头。

大雪

瑞雪兆丰年

鹖旦不鸣

虎始交　荔挺出

大雪：大雪封河

我特别喜欢民间的谚语，充满智慧，既是对生活经验的总结，又是对大自然规律的提炼，下接地气，上敬天神。

曾经有这样一句谚语：“小雪腌菜，大雪腌肉。”还有一句：“小雪封地，大雪封河。”这两句谚语，很有意思，前面一句，说的是民俗；后面一句，说的是自然。也可以这样说，前面一句，是平常百姓居家过日子的生活；后面一句，是过日子的自然背景。两者之间的关系，是相互勾连在一起的，互为表里。

这两句谚语，我小时候在北京就听，长大了到北大荒插队的时候还听。两地的老人好像是一所学校里毕业的。只是，无论小时候还是长大以后，无论是在北京还是在北大荒，小雪腌菜还有，主要是腌雪里蕻，渍酸菜，但大雪腌肉没有了，因为那时候肉奇缺而显得格外珍贵，每人每月几两猪肉的限量，是无法腌的。不过，“小雪封地，大雪封河”，却是有的，无法更改。这凸显了这句谚语的力度，是远远高于“小雪腌菜，大雪腌肉”这句谚语的。生活的经验可以改变，大自然的规律是无法改变的。人在大自然面前，是渺小的。记得一位欧洲的科学家曾经说过：人在自然和生活之间，只是一个比例中项。所以，尊重自然，敬畏自然，是人应有的本分。

当年，我所在北大荒的大兴农场，前后被七星河和挠力河两条河环绕。“小雪封地，大雪封河”这句谚语，在北大荒，比在北京还要格外彰显其准确性，灵验得就像安徒生童话里说的：一只手轻轻一动，就可以让冻僵的玫瑰花盛开，也可以让盛开的玫瑰花冻僵。

记得刚去北大荒的第一年冬天，顶着飘飞的大雪，我到七星河畔修水利，就是挖土方，准备来年开春将七星河两岸的沼泽地开垦成田地，当时的口号是：“开发荒原，向荒原进军。”那时候，已经到了大雪的节气，地冻得硬邦邦，一镐头下去，只显现出牙咬的一个浅浅的白印。而七星河已经完全封冻，居然可以在河面上跑十轮卡车。这是我从来没有见过的情景。在北京，即便是大雪封河，封冻的河面也不会那么厚，那么结实，是不敢在冰面上跑汽车的。夏天，我们从北京来这里的时候，过七星河，还要乘坐小火轮呢，河水清澈见底，游鱼历历可数。两岸的沼泽地中芦苇丛生，飞着白鹭仙鹤和好多不知名的水鸟。冬天来了，大雪飘飞的时候，七星河完全变成了另一种模样，安静而温顺得任十轮卡车在它的上面尽情奔跑，任我们的镐头在它的两岸纷飞挥舞。

真的，一辈子没见过这么纷纷扬扬的大雪，没见过这么结结实实的封冻的河面。那时候，“大雪封河”和“大雪封门”这两个词是连起来一起用的。但是，大雪封门的时候，我们会铲掉门前的雪，依然出工到七星河畔去修水利，我们也会用炸药炸开河面厚厚的冰层，去捕捞河底的鲤鱼吃。我们没有想过，大雪封门的时候，我们就需要休息；大雪封河的时候，河同样也需要休养生息。

四十多年过去了。前几年，我回过一次北大荒。站在七星河畔，我格外惊讶，河水是那样的浅，那样的瘦，和当年我最初见到它时完全是两个样子，仿佛一下子苍老，成了一个瘦骨嶙峋的老人。河两岸当年被我们用双手开发成的田野，现在正在逐步恢复原有的沼泽地，说那是湿地，是七星河两岸的肾。河水滋养着沼泽地，沼泽地也滋养着河水。我感叹我们青春徒劳的无用功，更感叹大自然真的是一尊天神，不可冒犯；冒犯了，便会给予我们惩罚。

如今，依旧是小雪腌菜，大雪腌肉；依旧是小雪封地，大雪封河。只是，七星河的河面冰封时不再有原来那样的厚，那样的宽了。十轮卡车也不再在河面上跑了，因为河上架起了一座人工修造的七星桥。

冬至

冬至阳气起
日短之至
日影长之至

冬至：萝卜挑儿

冬至到了，才是真正冬天的到来。

在老北京，即使这时候已经进入数九寒冬，街头卖各种吃食的小摊子也不少。萝卜挑儿，是其中一种。

萝卜是老北京人冬天里常见的一种吃食。特别是夜晚，常见卖萝卜的小贩挑着担子穿街走巷地吆喝：“萝卜赛梨！萝卜赛梨！”老北京人管这叫作“萝卜挑儿”。一般卖心里美和卫青两种萝卜，卫青是从天津那边进来的萝卜，皮青瓤也青，瘦长得如同现在说的骨感美人。北京人一般爱吃心里美，不仅圆乎乎的像唐朝的胖美人，而且切开里面的颜色也五彩鲜亮，透着喜气，这是老北京人几辈传下来的饮食美学，没有办法。心里美也有多种，分绿皮红心、白皮粉心、红皮白心、红皮绿心。其中最佳品种是红皮白心，说是白心，其实是白色如雪中夹杂着一丝丝红线，好像血丝，红白相间，透着细腻喜人。这种心里美，水分最足，还带着丝丝甜味。如果切成丝，撒点儿糖，点点儿醋，伴着吃，颜色就诱人无比。

萝卜挑儿，一般爱在晚上出没，担子上点一盏煤油灯或电火石灯。他们是专门为那些喝点小酒的人准备的酒后开胃品。朔风呼啸或者大雪纷纷的胡同里，听见他们脆生生的吆喝声，就知道脆生生的萝卜来了。那是北京冬天里温暖而清亮的声音：“卖心里美嘞！卖卫青儿嘞！”和北风的呼啸呈混声二重唱。民国竹枝词里也有专门唱这种萝卜挑儿的：“隔巷声声唤赛梨，北风深夜一灯低。购来恰值微醺后，薄刃新剖妙莫题。”

人们出门到他们的挑担前买萝卜，他们会帮你把萝卜皮削开，但不会削掉。萝卜托在手掌上，一柄萝卜刀顺着萝卜头上下挥舞，刀不刃手，萝卜皮呈一瓣瓣莲花状四散开来，然后再把里面的萝卜切成几瓣，你便可以托着萝卜回家了。如果是小孩子去买，他们可以把萝卜切成一朵花或一只鸟，让孩子们开心。萝卜在那瞬间成为一种老北京人称之的“玩意儿”，“玩意儿”可就是现在我们所说的可以把玩的艺术品呢。

前辈作家金云臻先生曾经专门写过卖萝卜的小贩给萝卜削皮的情景，写得格外精细而传神：“削皮的手法，也值得一赏。一只萝卜挑好，在头部削下一层，露出稍许心子，然后从顶部直下削皮，皮宽约一寸，不薄不厚（薄了味辣，厚了伤肉），近根处不切断，一片片笔直连着底部。剩下净肉心，纵横劈成十六或十二条，条条挺立在内，外面未切断的皮合拢起来，完全把萝卜心包裹严密，绝无污染。拿在手中，吃时放开手，犹如一朵盛开的荷花。”

山不在高有仙則名水不在深
有龍則靈斯是陋室惟吾
德馨苔痕上階緑草色入
簾青談笑有鴻儒往来無
白丁可以調素琴閱金經無
絲竹之亂耳無案牘之勞形
南陽諸葛廬西蜀子雲亭
孔子云何陋之有
乙未之冬
帝浣作

卖萝卜的不把萝卜皮削掉，除了为好看，还为了不糟践萝卜，因为萝卜皮有时候比萝卜还要好吃，爆腌萝卜皮，撒点儿盐、糖和蒜末，再用烧开的花椒油和辣椒油一浇，最后点几滴香油，喷一点儿醋，又脆又香，又酸又辣，是老北京的一道物美价廉的凉菜。这是老北京人简易的泡菜，比韩国和日本的泡菜萝卜好吃多了。

当然，更重要的，冬至之后吃萝卜，在老北京人看来，更有其养生的功效，叫作这时候的萝卜赛人参。

这时候，还有另一种小吃可以和萝卜相媲美的养生功效，便是柿子。在民间有这样的方子，即在冬至这一天把柿子放在窗台上冻上，冬至是数九的第一天，以后每到一个九的第一天，吃一个冻柿子，可以止咳。这一冬天都能不咳不喘，比中药房里的秋梨膏和枇杷止咳露都灵。

小寒

霜雪交侵

冷在三九　雁北乡

鹊始巢　雉雊

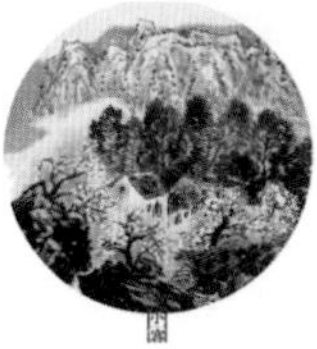

小寒：又到小寒时节

我国节气的名字，有些起得有点儿怪。小暑和大暑的“大”与“小”字，同字面的意思相同，是大暑要比小暑的天气热。但是，小寒和大寒的“大”和“小”字，在节气的意义里，却意思正相反，小寒要比大寒冷得多。不知道当初是怎么起的，应该将小寒和大寒颠倒过个儿来才是。

小寒时节，是一年最冷的时候。如果拿唱歌作比，一年二十四节气，比我们古代音乐里的宫商还要丰富，高音低音，起承转合，此起彼伏，让四季有了变幻多姿多彩的韵律。那么，小寒唱的是最高音，是帕瓦罗蒂一般扯直了嗓子将寒冷唱到最高亢。

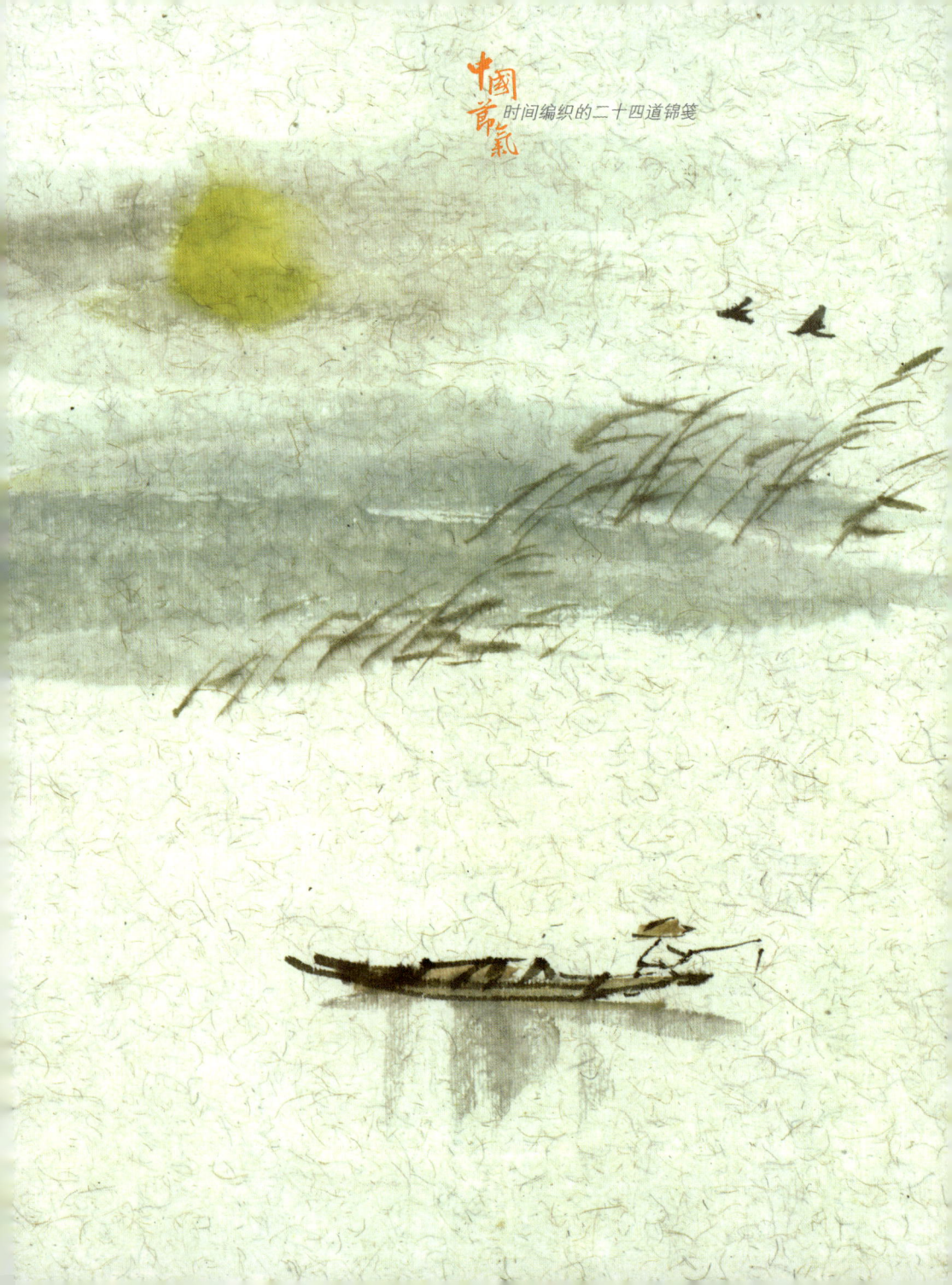

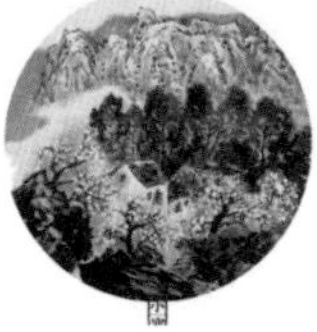

因此，即便民谚中常常会将小寒大寒放在一起说，比如最常见的是“小寒大寒，冻成一团”，但是，小寒大寒毕竟不是一对孪生兄弟，小寒毕竟要冷于大寒，冻成一团之中，温度是有差别的。

当年，在北大荒，也有一句民谚，是关于农事方面的：“小寒大寒，猪栏关严。”虽说也是将小寒和大寒放在一起说的，一样也是有所侧重的，是将重点放在小寒上。那时，我在生产队里的猪号喂猪，北大荒军事化管理，负责猪号的，是位山东汉子，姓王，当时叫作班长，领导猪号四个人。他和一个姓陈的山东汉子管烀猪食，我和另一个叫小尹的年轻的山东汉子负责挑猪食和挑水喂猪。晚上，班长和老陈收工回家，我和小尹都没有成家，当地唤作“跑腿子的”，就住在烀猪食旁边的一间草房子里。每逢到了小寒前后，班长会格外叮嘱我们两个“跑腿子的”：“夜里睡觉警醒点儿，后半夜一定要起来看看猪圈的门关严没有。”

北大荒的小寒时节，比北京要冷得多，零下二十多摄氏度是常有的事情。冷不怕，怕的是暴风雪。北大荒称之为“大烟泡儿”，暴风雪袭来，真的是昏天黑地。北大荒地阔人稀，特别是我们的猪号后面就是一片莽莽荒原，“大烟泡儿”一来，刮得像狼烟翻滚，对面都看不见人。小寒前后，是北大荒“大烟泡儿”最为肆虐的时候，猪栏被风雪刮开，也是常有的事情，我和小尹没少半夜起来查看猪栏是否关严，有没有被风雪刮开。

记得暴风雪最厉害的一次，是半夜里听到草房被吹得地动山摇，摇摇晃晃像风浪中的一只船。我和小尹赶紧从热炕上爬起来，就往猪圈跑。猪圈围栏的门已被风雪吹开，满猪号里的猪都跑了出来，跑到荒原去了。这样暴风雪的天，冻上一夜，这些猪八戒就都得冻死，这可不是小事。小尹赶紧冲我喊：“你去喊老王他们过来，我去追猪！”我刚跑到半截儿，老王和老陈已经往猪号这边赶了过来。我们四个人在风雪荒原上追猪，成为青春最难忘的回忆。记忆中，难忘的是踩着没膝深的雪窝子，将那头种猪赶回圈。那家伙，当地人叫作“跑卵子猪”，力气大，脾气大，我们四个人费了好大的气力才算把它赶进圈，最后长舒一口气，关上了圈门。

那一夜，冻得我半死，尝到了小雪天气的厉害。回到屋里，小尹烫酒，老王把他的皮大衣披在我的身上，好半天才暖和过来。后来，我曾经写过一首小诗：“茫茫天欲白，猪号腊冬忙。跑卵实难治，嗷嗷吼似狼。回鞭风正急，归圈雪将狂。酒暖缘小尹，心温赖老王。”

小雪时节，有难忘的寒冷，也有难忘的温暖。

大寒

寒气之逆极

鸡乳 征鸟厉疾

水泽腹坚

大寒：大寒过了就是年

又到了大寒。这是二十四节气的最后一个节气。

大寒中的“大”字，在这里方显出其真正的意思来。在我的理解中，就是说天气再冷，到这时候也冷到头了，物极必反，天要渐渐转暖了。如果按照旧时画九九消寒图的传统，数九之后，每过一九，要在消寒图上的那九朵白梅花中的一朵上涂上颜色，大寒时节，颜色要将那最后一朵白梅花涂满了。

这个大寒的“大”字，就是终结的意思，到头的意思。民谚中有“大寒到顶端，日后天渐暖”一说，印证了我的想法。这时候，才会明白古人用字之精心，没有把最冷的日子叫大寒，而将大寒错位移到二十四节气最后。你得佩服二十四节气的名字起得个个经得起岁月的推敲和审视。

二十四节气过完，一年就算过完了，中国人最讲究的春节就要到了。所以，民谚又有“大寒过了就是年”一说。这和民谚中另一说“进了腊八就是年”的传统是一致的，相互呼应的。

今年大寒的节气，在腊八后的第三天，是真的进入了过年的日程表里了。过年日子，一天接近一天，日渐热闹起来，让人充满喜悦的期待，是大寒整个节气里的主旋律。在中国所有的节日里，春节当稳坐于第一把交椅的位置上，大寒这一节气，自然也就在二十四节气中不同凡响，连带着节日的喜气而有了红红火火的意思，大寒中的“寒”字，自也有了些温暖的温度。

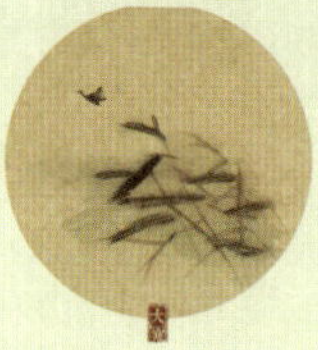

小时候，在这些个日子里，随着大寒这一节气渐渐走完，过年的气氛日益加浓。进入腊月二十三小年之后，达到高潮。那应该也算是大寒这一节气的高潮。虽然都是二十四节气中的一个，但大寒在这二十四节气中所占据的位置不一样，很有些统领二十四节气、一览众山小的意思呢。

那时候，有一首童谣，是我们所有孩子都会唱的：“二十三，糖瓜沾；二十四，扫房日；二十五，推糜黍（做年糕的粘面）；二十六，煮大肉；二十七，宰只鸡；二十八，把面发；二十九，蒸馒头；三十晚上守一宿，大年初一扭一扭。” 唱着这样的童谣，想着大人们从腊月二十三之后到年三十的日子里，每一天都不能够闲着，要安排好年夜饭和到正月十五整个过年这样密密麻麻的节目单，就像老太太絮新棉花被一样，一层层地絮上，絮厚，把年的气氛一步步烘托得足足的。如今的童谣，再也没有这样地道富有生活气息和民俗意义，又朗朗上口一学就会的了。

那时候，过年真的是件大事，大人们都在忙乎采购过年的东西，称之为“年货”，个个忙得跟个陀螺一样不停地转。那时候，我家住在前门外，我妈忙不过来，分配给我采购年货的任务，是到鲜鱼口的金糕张那儿去买金糕，说是我爸最爱吃那里的金糕，买回来过年的时候咱们拌白菜心吃。金糕张是清朝时候就有的一家老店，据说，当年慈禧太后爱吃他们店里的金糕，还曾送过金匾给店里。我爸就认老店，吃什么都讲究吃老店里的。那里离我家很近，穿过几条胡同就到。我去那里，看店家用锃光闪亮的大片刀，切开那种鲜红颜色的金糕，再在外面包一层薄薄透明的江米纸。在买回家的半路上，我先忍不住偷偷地吃上几口，连着江米纸一起吃，真的是好吃。

现在想起那时候的情景，迎着腊月的寒风，走在熙熙攘攘的街头，小心翼翼偷吃金糕的样子，大概应属于大寒中最富有怀旧色彩的一幅画了。

那也是属于我的一幅年画！